恋

生きている、この時を感じて

火乃 螢子
Keiko Hino

文芸社

恋

生きている、この時を感じて

好きな男性のタイプはと聞かれて「お姫様にしてくれる人」と答える馬鹿な女がここにいる。

恋人は、昨年の春、還暦を迎えた社長。

私は夫を六年前に亡くした四十五歳の女。

恋人のことは、誰にも言えない私の秘密である。

世間からは、「頑張ってるね」なんて言われながら、実の両親と二人の娘と暮らし、しっかりと母をやっているつもりのふつうの女である。

昭和三十六年初春、私は生まれた。この時代の出産はほとんどが、産婆さんが付き添う自宅出産であったが、大変重いお産で医師も立ち会ったと聞いた。母の体力が限界に近づこうとした瞬間、私の頭は器具によって引っ張り出されて、ひょうたんのようになってしまった。「赤ん坊の頭はやわらかく、すぐに元に戻るから安心しなさい」。医師の言葉に家族は緊張から解かれたのであった。体は小さく、すぐに産声を上げずに諦めかけられた命。

何よりも母の祈りがこの世と私を繋いだ。〝けい子〟と名づけられ生かされた命は、運命の赴くままに静かに人生を歩み始めたのであった。

父と母は、その頃あまり世間では認めてもらえなかった恋愛結婚である。長男であった父の元へ、この家に、母は嫁いで来たのだった。

祖父と父は桐箪笥の職人であった。職人も何人か雇い、家族で経営しながら、農家でもあり米を作っていた。そして、祖父母と両親、私と四歳違いの妹と、まだ学生だった父の弟が二人いる八人家族で、母がとても苦労をしていた姿を覚えている。

箪笥の製造は、祖父の体の具合が悪くなったのを機にやめた。父は家具店に働きに出て、まもなくして母も働き始めた。もちろん土地を守るために農業も続けてきた。女が社会に出て働くことが、厳しい時代でもあった。家事、子育て、農業、会社勤めと、何役もやりこなしていた母であったが、一家の中心である祖父のおかげで、家は明るく家族はまとまっていた。

私は祖父が大好きだった。亡くなる寸前まで、家のことを心配して、私をかわいがり、見守ってくれた。小学校の入学式の日、心臓の病で起き上がれない祖父に赤いランドセルを背負った姿を見せに行った。それから間もなく容体が急変して、祖父は六十歳の若さでこの世を去った。

それからは、貧しい日々の始まりだった。そして、何といっても、祖母が大のくせものであった。家計は祖母が握り、両親の稼いだ給料は封を切らずに祖母に渡されており、祖母は家事は一切やらず、遊ぶためと、叔父たちに使われていた家計であった。

家にはお金はあるが、両親にはお金がなく知り合いから借りたこともあったようだった。

祖母のやっていることを父は知っていても、意見できずに、祖母や兄弟を心の底から信じ、母や私たちよりも大事にしていると思えるような態度でいた。

「おじいちゃんがいた時は、いい叔父さんたちだったのにね」

「みんな生活が大変なんだよ」

母が言った。

幼い私には、祖父名義の遺産によって欲のために人は身内であればこそ、変わってしまうことがわかるはずがなかった。

「おじいちゃんが生きていたら」

母の口癖になっていた。

母をいじめる祖母。私には平気な顔をして母の悪口を言ってくる。父と母の喧嘩を仕掛けて、それを見ながら陰で笑っている祖母の姿は鬼に見えた。心労で何度か死にかけた母。父はいじめられている母を見ても、見ぬふりをしてかばうことはなく黙ってその場を立ち去るのである。祖母と母が争えば、母を責める情けない姿も見てきた。母の味方は誰もいなかった。

私は思春期の頃、この家系の血を、祖母の血、父の血を受け継いでいる自分が、醜く汚く感じて、流れている血を全部抜き取って誰の血でもいい、自分をわからなくしてほしいとさえ思った。

父は、男らしさ、男の強さ、母をいたわるやさしさも持てず、家族を守るという責任から逃れてきた生き方にしか見えなかった。酒が大好きで、タバコも吸う。それに異常なほどの兄弟愛みたいなものを持っているのである。今でも、母よりも、娘よりも、兄弟が大事と思っているのではないかと感じるところもある。その兄弟たちは仲が悪く、思いやる心も、やさしさもない、欲の塊である。やはり、祖母の悪いほうへ、悪いほうへと、強く激しく流れていた魂の影響なのだろうか。

そのためか、小学生の頃は、一年を通して家に人が集まってくる行事は好きではなかった。嬉しい楽しいはずの正月は特に嫌いだった。父の兄弟が、実家だからといっては家族でやって来て、大勢で食べたり飲んだり、その場は宴会となる。

私と妹は、「うるさいからあっちに行っていろ」と祖母に言われて、外に出てかけっこをしたり、縄跳びをして遊び、飽きれば別棟の物置に体を寄せ合っていた。不思議なことに物置には、それほど綺麗ではないが敷布団や掛布団が積まれていた。母が私たちのために用意したものだった。布団にもぐり込み、「はぁはぁ」と手に息をかけながらこすり、肩を寄せ合っていた。お腹がすいても家の中には入れず、母に抱かれているように、暖まってくる布団の中で眠ってしまったこともあった。小さかった妹は、私以上に辛かっただろうに、よく我慢していたと思った。

祖母の言うことは絶対であって、私たちが逆らえば母がいやな思いをすることになる。

正月は料理と酒の仕度で、半端ではない忙しさに、母は台所で私たちのことなど考えている暇もなかった。それに、この時とばかりとふだん以上に祖母に、叔父、その家族にまで振り回されて、持ちきれないほどの土産も用意しながら、些細なことでいびられるのである。

私たちは、皆が帰った後、裏からそっと台所へ向かうのであった。

そこには、山と積まれた洗い物の食器と、散らかしてある食べ残しが、目に飛び込んでくる。その残りものを見ながら、「何でも食べていいよ」と忙しく動き回る母に近づくこともできず、呆然と立っていた。私たちの食べるものは余分にはなく、客の中には、お腹いっぱいになって帰って行った私と同じぐらいの年の子もいた。

いつも残りもの。慣れてはいたが、なんという差別なのか。お腹のすいていた私たちは差別やいじめとかそんなものはどうでもよく、箸を使う余裕もなく、手掴みで口の中へ押し込んだものだった。祖母の鬼のような笑った顔を思い浮かべながら、惨めだった。

母は何も言わず、「いつか、いい時が来るから」とじっと耐えていた。

その働く母の背中にかじりつきながら生きていた。「何で生まれてきたのだろう」と思った幼い頃である。

祖母はなぜそんなにも母をいじめるのか、嫁がそんなに憎いのか、憎い嫁が産んだ子は息子の子どもでも憎いのか。それは、何かにとり憑かれてしまったようでもあった。その理由は、きっとある。いつかわかる日が来ると思うようになった。

こんな幼少期を過ごしてきた私は、感受性が強く、一人でいるのを好み、難しい子、変わった子と見られ、人の顔色ばかりを気にする子だった。

いつも泣き顔をしながらも、鋭い目つきをするようになってしまった母に、甘えることはいけないことと思うようになっていった。この家で、母は変わった。やさしさは、顔の裏側に隠し、強い女になっていった。

その時代、その時代の、生活や生き方がある。決して豊かとはいえない時代で、食べていくために母が選んだ女の道であり、生き方であった。

祖父と暮らしたのはわずか七年。その年月の中で、花や土、虫といった自然に親しむことや、強制はせず、叱らずに、好奇心のあるがままに、節度と常識をユーモラスに教えてくれた愉快な思い出がたくさんある。

何といっても楽しかったのは魚釣りだった。

「魚釣りに行くぞ」

祖父の声がすると、バケツを持って畑に行く。魚の餌になるミミズを捕るのだ。そして、竹竿を手にして、近くの小さな川へ出かける。

流れのない浅い場所で、祖父のまねをして竿を持って魚が引っかかるのを待つ。子どもの力では魚の引きに負けてしまうので、浮子《うき》が引くと祖父と一緒に竿を上げ始める。

どんな格好をした魚なのか早く見たくて仕方がない。

キラキラとした魚が水面に見えてくると胸がドキドキした。釣り上げるとびっくりして草むらへお尻をついた。釣れるのは小さな魚だった。なかには、ドジョウやザリガニなんてこともあったが、

「すごいのが釣れた。釣れた」

大声で笑う祖父を見て、私も笑った。

釣れた魚を観察するのが好きでバケツの中を飽きることなく覗いていた。皆同じ色に見えた魚が、光によってそれぞれに違う輝きを見せる。

その変化が面白かったし、顔も皆、違うのには驚いた。

祖父は、バケツに手を入れて魚をすくい上げる。

「これがフナで、お腹の丸いのはコイだよ」

「いろんなのがいるね」

不思議なことに、この時はどの魚も同じように見えたものだった。

帰る頃になると、

「釣った魚は全部川へ戻しなさい」

と言う祖父。

「せっかく釣れたのにどうして」

「魚だって帰る家があるんだよ。可哀想だろ」

「そうか！　そうだよね。お父ちゃん、お母ちゃんが待ってるよね」

「けい子は、いい子だ」

大きな手で頭をやさしく撫でてくれた。

釣りに行くたびに、

「もうそろそろ帰るよ」

「はーい。魚、戻してくるね」

魚の入ったバケツを持って水際《みぎわ》に向かうのであった。

自然を通して心を育ててくれた祖父は今でも、私の中に生き続けている。

それからも、私は、自然の中で遊ぶのが好きだった。

春は、田圃一面に広がるピンク色の蓮華を摘み、首飾りを作って遊んだ。

畑では、キャベツの葉っぱにいるアゲハ蝶の幼虫のイモ虫を見つけて、手のひらにのせる。ひんやりと気持ちよく「かわいい、かわいい」と頬擦りをした。ジャガイモの色に似ているのでイモ虫と呼ばれたと勝手に解釈もした。

田植えの季節になると、おたまじゃくしを捕っては放し、それを繰り返す。やがて、いっせいに鳴きだす蛙の鳴き声で周りは賑やかになり、季節は巡って行くのであった。

夏は、カブト虫、蝉捕りに夢中になった。

「お盆中は、ご先祖様が虫になってこの世に帰って来てるから捕まえちゃいけないよ」

母は、私の手の中にいる蝉を見る。

「おじいちゃんから聞いたことがあるよ」

「そう、おじいちゃんは、いろんなことを教えてくれたね」

「いっぱい、いっぱい教わったよ。この蝉、おじいちゃんかもしれないね」

しばらく蝉の顔を見つめて、放してあげた。

祖父の教えはしっかりと胸に刻まれて、成長していくほどに、その影響は大きくなっていった。

虫や魚を追いかけていたばかりではなく、女の子らしい遊びもたくさんしてきた。遊び相手はいつも妹だった。近所の子や、学校の友達とも遊んで楽しかったが、大勢でいるのは苦手だった。一人遊びは、庭にござを敷いて人形を隣に座らせてするままごとが大好きだった。小さなテーブルに土のご飯や葉っぱのおかずが並んだ。花びらのジュースも作った。妹と、あやとりやおはじき、秘密の〝お姫様ごっこ〟で遊んだ。

稲刈りの季節は、田植えと同じようにどこの家も忙しく、田圃は人が集まり賑やかになる。

刈り取りが終ったあとの田圃はバッタ、コオロギなどの、虫のオンパレードである。

目を光らせて、田圃の中を走り回った。

刈り取って株だけになった田圃の向こうに収穫を待つ稲が見える。

稲が風に擦れるカサカサという音を聞き、沈む真っ赤な夕日に寂しさを感じて、人恋しくなってくる。妹と二人、手を繋ぐ。

「からすぅー　なぜ鳴くのぉー　からすは山にぃー　かわいい七つの子があるからよ……」

腕を振り、歌いながら母の待つ家路に急ぐのであった。

「ただいまー」

「お帰り」

「お腹すいたよ」

「すぐご飯が炊けるからね」

土間の台所の釜から、米の炊き上がる匂いが家中に広がっている幸せな時間だった。

そして、お腹いっぱいになって眠るのであった。

冬になると寒さに耐え、春を待つ田圃の姿は静かに眠っているかのようだった。自然の中で、田圃の中で、私は誰にも邪魔をされずに自由であることに、幸せを感じていたのだった。


健康であった母は祖父が亡くなってから、毎日の疲れが積み重なり肝臓を患ってしまった。一年ぐらいの間と記憶しているが、臥せっていることが多かった。病気で寝ている母には、父も祖母も何ひとつしてあげることはない。眠っている母のそばから離れずに、絵本を読みながら、看病のようなことをやっていたこともあった。

額のタオルを取り替えれば「ありがとう」と言う母。見よう見まねで覚えたおかゆを作りお茶を淹れた。背丈も小さかった子どもの私には大変な作業だった。何かしてあげたかった。早く元気になってほしかった。ただそれだけを願っていた。

「早く、お母ちゃんが良くなりますように」

手を合わせるその先に祖父を思い浮かべた。

母の具合が良くなってくるとともに、私は安堵した。

「お母ちゃんが、元気になって良かった」

「心配かけてごめんね」

涙ぐむ母が、笑顔を絶やさずにいられるにはどうしたら良いのだろうと、小さな胸は震えていた。

母が仕事に出てから五年ぐらいを過ぎると、私たちにも手がかからなくなり家計も安定してきたようだった。それでも相変わらず理不尽なことを言う祖母であったが、会社という組織の中で自分の居場所を見つけた母には、厳しさの中にも笑顔が戻ってきた。

祖母が旅行で家を空けると、母とずっと一緒にいられた。母の手料理をゆっくり食べて、たくさんのおとぎ話を聞かせてくれた。時間が止まってずっとこの幸せに包まれていたいと思った。いつも、どんな時も、母と一緒にいたかった。


父の存在はあまり感じられなかったが、小学校の夏休みの工作の宿題に父の思い出がある。工作が得意ではなかった私は、思い切って父に頼んだ。

「工作の宿題、手伝ってくれる」

「何を作るのか、決まっているのか?」

「決まってない。でも、何でもいいんだ」

「じゃあ、虫かごを作ろう」

「ほんとに作れるの」

「大丈夫だよ。今から始めるか」

私は期待していた。竹ひごを持ってまだ名残のある桐箪笥の作業場へ向かった。

そこには、鋸《のこぎり》、穴をあけるための錐《きり》、釘、金槌《かなづち》を用意していた父がいた。細い板を切って、鉛筆で印をつけた所へ錐で穴をあけて竹ひごを差し込んでいく。それの上下、側面のパーツをひたすら作って組み立てるのである。最後の小さなパーツのひとつは上部のくりぬいてある所に取り付けられて蓋になった。虫かごは完成した。

「お父さんすごいね。学校に持っていったら、みんなびっくりするよ」

「そうかな」

照れくさそうに父は笑った。

暑い夏、私と父の間に、清々しい風が吹いた日だった。

父は職人で、このくらいのことは何でもなかったのだ。でも、私のために一生懸命に虫かごを作っている姿に、初めて父親らしさを見つけた。

それから、父親らしさはあまり見ることはできず、虫かごは唯一の思い出となった。

家業を継ぐために中学を卒業すると、すぐに職人の道に入った父。

祖父は桐箪笥職人の中でも、名人といわれた人だった。その祖父を追い越せないまま、時代の流れに逆らえず箪笥製造業をたたんでしまった父の心情は無念に違いなかった。だが、職人魂を持った父には、母を全力で守る強い男でいてほしかった。

明治生まれの祖母は達筆で、着物の仕立ても頼まれるほど和裁の腕も良かった人であった。

私はお気に入りの人形の洋服がいつも同じなので、着せ替える洋服がほしかった。自分で作ろうと何度か挑戦したが、まったくだめである。母も和裁、洋裁、編み物とできるのだが、忙しい母に頼めなかった。

縁側で裁縫をしていた祖母に、そっと近づき、しばらく様子を眺めていた。

「何か、用があるのかい」

「うん、このお人形さんの洋服がほしいんだけど、作ってくれる?」

ちゃんと言えたことに胸をなでおろす。

「そうかい、おばあちゃんには洋服は作れないんだよ。着物でよかったら作ってあげるけどいいかい」

「いいよ」

祖母は押入れから余り布を持ってきた。

「気に入った柄はないかもしれないが、これでいいかい」

それは地味な柄だった。

「いいよ」

これ以上何も言えなかった。

「人形を見せてごらん」

「はい」

私は人形を祖母に渡した。

祖母は物差しで人形の寸法を測り、布を切り始めてから、あっという間に作ってくれた。

人形に着物を着せると、柄が柄だったので少し年を取ってしまったかのように見えたが、手作りならではの温かさが伝わってきた。

祖母のこんな一面は、めったにお目にかかれるわけではない。でも、こうして私に接してくれたように、特別なことはいらない、ただ、母に対してふつうに接してほしかった。

ふつうに、やさしいおばあちゃん、かわいいおばあちゃんでいてほしかった。


小学校四年生の時に、一冊の本に出合う。シンデレラである。教室に置かれてあった本を、時間があればいつも読んでいた。一年の間に、何回も読み返した。それを機に、白雪姫や人魚姫、かぐや姫など、お姫様の本ばかり読むようになっていた。その中でも、やはりシンデレラが一番気に入っていた。

その頃、テレビでは魔法使いのアニメが人気だった。主人公の魔法使いはお姫様だった。そして、魔法の世界と、シンデレラに憧れを抱き始めた。

誰でも辛いことを我慢して頑張ればシンデレラになることができる。修業をすれば、魔法使いになれると思っていた。

そんなことは絶対にあり得ないとわかっていながらも、お姫様を、魔法使いを、夢見ていた。一人でいることが好きな私は、お姫様物語を想像して過ごした。お姫様物語を思い浮かべていくうちに、空想の世界はどんどんと広がっていった。

物語が出来上がる。

「ちいちゃん、お姫様ごっこしようよ」

「いいよ」

準備が始まる。風呂敷や白いシーツを妹の体に巻きつけて姫にする。私は、王子様とその他の役。

〝悪者に囚われたお姫様と、助けに現れるステキな王子様が、最後には結婚して幸せに暮らしました〟というような、ありふれた話であったが、いつの間にか、自分が主人公の姫になっていた。

魔法の修業は、風が強く吹く日に外に出て、誰にも見られない場所で箒《ほうき》にまたがり、地面を蹴った。飛べそうな気がしたし、飛んでみたかった。また、みかんやりんごの皮を煮詰めて、変身できる薬を作った。それは、とても口にできるものではなかった。

好奇心が強く、何でもやってみないと気が済まないのであった。

お姫様も、魔法も、自己満足の世界に過ぎなかったが、中学生になると魔法は胸の引き出しにしまい、お姫様になれる夢は大切に持ち続けていた。


富士山を見ながら自転車を走らせて通った中学校時代。

冬の静かな澄みきった朝は、南に富士山、そこから西へ、秩父連山、白根山、榛名山、赤城山、男体山と、頂上に雪を被った美しい山々が遠くに見渡せるのである。筑波山まで見える日はいちだんと空気が綺麗で、思いっ切り深呼吸をした。

中学生活に慣れてくると、大勢でいることが苦手だった私も、次第に友達に囲まれて楽しい日々を送るようになった。まだ幼さが残るちょっぴりおませな私には、好きな上級生の男の子がいた。友達のためには、ラブレターの文面を考えて代筆もしたが、私の恋は男の子の卒業とともに憧れで終わった。

中学三年生になると進路のことで、「お金がないから働いてくれ」と、親に言われるのではないかと不安であった。

母は私の気持ちを察していたのか、

「お母さんが働いたお金で高校に行かせてあげるから、頑張って勉強しなさい」

私の希望していた商業科の高校に行くように勧めてくれた。受験を経験し希望の高校へ入学できた時には、人生観が広がり、大人に近づこうと背伸びをしてみたい自分を感じていた。

高校を卒業したら就職して稼ぐと決めていた。そして、自分のことは自分でやっていきたいと強く思うようになっていった。少しでも早く母を金銭的に楽にしてあげたかったのであった。

高校一年の夏休みから、食堂でアルバイトを始めた。学校の宿題は適当に片付けて夏休み中、一日も休まずにバイトに明け暮れていた。働くことは大変だったが、勉強をするより働くほうが楽しかった。初めてバイト代をもらった時は、働くことに喜びを感じた。

二年生になると、バイトを掛け持ちした。そのバイト先は学校で出入りを禁止されている喫茶店であった。客の中に二十五歳くらいの女性がいた。たまに来てはカウンターに座りコーヒーを飲みながらお喋りをしていった。

「そろそろ帰るね。だんなが帰ってくるのよ。お風呂の仕度と、ビールのつまみの用意しなくちゃ、遅れたら叱られちゃう」

まだ、太陽が輝く時間帯に不思議だと思った。喫茶店のママが「あの女性は建設会社の社長の愛人なんだよね」と教えてくれた。私は噂にしか聞いたことなかった世界を覗いたようだった。このようにしてここで、出会った様々な人たちの人生をしっかりと心に受け止めていくのであった。

いつの間にか、小遣いはもらわずに、昼食代におやつ代、本代、身の回りに必要なものはバイト代で賄うようになっていた私に、両親は何も言わなかった。

高校の卒業証書は、就職のための道具であって、赤点を取らずに、退学にならないように高校生活を過ごせばいいと思っていた。

勝手な甘い考えとわかっていながら、一匹狼的でこの世を見据えて肩で風を切っていた青春真っ只中の、十七歳。

しかし、心の不安定な思春期の反抗的な私は、いやな昔と、いやな両親を思い出す。

些細な事から始まる両親の喧嘩はとても辛かった。ふだんの会話の中で母が祖母の愚痴をこぼした。父は急に怒り出し「お前は口の利き方を知らない。お前みたいな嫁はいない」と、母を非難する。

「悪気があって愚痴を言ったのではない。ただ、話を聞いてほしかった」

母は怒りの声で歯向かっていった。

子どもの私と妹は別の部屋で耳をふさぎながら、ますますひどくなっていく喧嘩が終わるのをじっと待つしかなかった。最後は〝ガシャン〟と、テーブルをひっくり返す音が響き、その後は喧嘩がまるで嘘だったように静かになるのであった。今まで何度もこんな喧嘩をしても、その後、私たちに一度たりとも詫びの一言もなかった父と母。

二人姉妹の長女の私は、家を継ぐ子だから、いい婿が来るようにとか、先祖を守っていくのだとか、必要以上に言われ続けて、「だから大事に育ててきた」とも言われた。

「わかっているから、もう言わないで」私の心は、悲鳴を上げていた。

祖母の冷たい態度に涙を拭いて、明るく振る舞う態度に気づいてくれなかった幼い頃の傷は癒えてはいなかった。思春期の私は、親の言葉、親の存在にさえ反発をしていた。

自分の立場をわきまえながらの小さな反抗だった。

反抗しながらもほしかったのは「小さい頃は、いやな思いをさせて悪かったね」の母からの一言。「母さんは、俺が守るから大丈夫だ」の父からの一言だったのに。

大人になんかなりたくない。大人は汚い。大人になれば知らず識らずのうちに汚れてしまうものと考えるようになっていった。子どもの純粋な目で真っ直ぐに見てきた大人の姿と、大人の世界の、実感であった。

大人になっていくのは仕方のないこと。

「私は汚れない。汚れてはいけない。お姫様になれる夢は持ち続けていよう。純粋に素直に生きていこう」

強く前向きになっていく心であった。

純粋さがあだになり、友達に些細なことで裏切られたこともあった。悪口や噂や、ちょっと気に入らないからつまはじきにするといったようなことに巻き込まれて、女ならではの醜い部分を知っていくのである。

「こんな思いをするなら一人でいたほうが気が楽。皆、生まれる時も死ぬ時も一人じゃない。だから、私は一人でも大丈夫」悩んだ結果だった。それから、クラスメートとは仲良くつき合うように心がけながらも相変わらずの一匹狼的であったが、卒業が近づくころには、大親友となる友達ができていた。


高校の成績は、赤点はなく、ごくふつう。二年生の時には商業簿記検定二級に合格した。勉強は嫌いだったが、この検定に向けては一生懸命に勉強した。自分に負けたくなかった。合格することによって誰でもいいから認めてもらいたかった。目標に向かって努力し、成し遂げた後の達成感は、自信につながっていった。

進路の時期。高度成長期の真っ只中の時代、歴史のある商業科の高校は、就職先がたくさんあった。大企業から中小企業、銀行、様々なジャンルの企業からの求人募集の案内が教室の隅においてあった。その中から二社を選んだ。職種は一般事務。学校からの推薦は最終的に一社に決定しなければならない。私は、両親に相談した。

「どっちの会社がいいと思う？」

「お前の好きでいいよ。でも遠いと通うのが大変だから近いほうがいいと思うよ」

一人で決めなければならない初めての人生の選択だった。

学校で二社の求人募集内容を見ていた。しばらくするとその一社の会社名に目が釘付けになった。会社の名前がカッコ良かったとか給料が良かったわけでもなかった。なにかに引っ張られていたような不思議な感じだった。

そして私は、この会社の入社試験に合格して、入社することを決めた。

卒業式、別れの時。

「元気でね」。「またいつか会おうね」みんなの声が飛び交う。

「けい子、一緒に帰ろう?」親友の声が聞こえた。

「ごめん、本当にごめん、お母さんが待ってるから。また連絡するね」

私は、高校生活の最後の日、三年間通った駅までの道を、母と二人で肩を並べて歩いて帰りたかった。そして、駅までの二十分間という短い道のりは母との絆を修復していくように感じた。反抗して心配をかけた母に、遠ざかっていく学校の先生に感謝の気持ちでいっぱいになった。嬉しそうな母の横顔は、とても綺麗だった。


入社して一ヶ月の本社研修が終わって配属が決まり辞令が出た。

会社は社員数三百名弱の住宅器具を扱う企業であり、営業所を数箇所に、子会社にコンピュータ関係、工事関係などを持っている。私は、本社と同じ敷地内の営業所へ配属になった。

本社の人事担当の常務から「この年の十月に新設する営業所に行ってもらいたい。それまでにここの営業所で、できる限り仕事の内容を覚えてほしいので頑張ってください」と言われた。

しばらくして直属の上司になる営業所所長を紹介された。

所長の第一印象は〝ふざけてる奴〟である。スーツにネクタイ、髪の毛は天然パーマの中途半端な長髪でありながら清潔感が漂っている、アンバランスな不思議な人だった。

本社から営業所に向かうほんのわずかな時間、所長の後ろを歩いていた私は、なぜだか所長の背中に責任、正義、強さを感じてときめいていた。

営業所の事務所は綺麗に整理されてあったが、伝票や書類の山だった。そして、みんなに紹介されてすぐに仕事に就いた。初めは簡単な伝票の計算から始まった。先輩たちはいい人ばかりでよく面倒を見てくれていた。先輩の仕事振りを見ながら、早く覚えて信用されて、頼りにされて、一人前に認められる社員になれるように気合いを入れて仕事に専念した。

給料日には毎月、五人家族では食べ切れないぐらいのケーキを買って帰った。家族の喜ぶ顔が見たかったのである。私の働く姿に安心して、母の辛そうな表情は少しずつ消えていくようであった。

この頃から私は、母の声に耳を傾けて身の上話を聞くようになっていった。

小学生の頃体験した戦争のことや、実家の両親、兄弟のことが話題だった。次から次へと母の口調は弾み、これまでの人生のすべてを吐き出しているようだった。戦争については私は真剣に聞いた。七人兄弟の次女の母は弟や妹のお守り、家事の手伝いで、小学生の頃は勉強どころではなかった。皆、誰もが食べていくのに必死だった時代なのであった。母は思いを噛み締めながら言った。

「勉強がしたかったし、本も読みたかった。字も習いたかった。先生に、いろいろなことを教えてもらいたかった」。もう、二度と取り戻せない人生の母の訴えのようにも聞こえた。

六十年で短い人生を閉じた祖父は二度も戦地へ行った人であった。初めはロシアへ、二度目は第二次世界大戦である。祖父は生きて帰れたものの、たくさんの生きたかった若い命は国のために死に、罪のない命が殺されて、悲しみしか残らない戦争の話は、鳥肌が立ちたまらなく辛くなった。

母の実家は、奉公人を四、五人雇い、母の父親は村会議員を務め、近所でも信頼の厚い人だった。私が小さい頃亡くなり、記憶にはほとんど残っていないのである。

母の父親が、近所に住む戦争で夫を亡くした女性と男女の関係になったことを知った家族は、父親がいなくなれば、生活が大変になることをわかっていながらみっともない父親を追い出してしまった。それからしばらく父親はその女性の家で暮らしていた。その期間は定かではないが、女性の家で倒れて意識のないまま家に運び込まれて、二日後に亡くなった。

その女性には、男の子が一人いた。文字も書けずに、役所に出す書類や土地のことを、母の父親に頼みに来ていたそうだ。また、農家を続けながら女が一人、子どもを抱えて生きていくには無理な時代。生きていくために、世間に何を言われても、彼女が選んだ道だったのだ。母の父親も、そんな彼女をただ見ていられなかった人なのだと、私は思いたかった。

「お母さん、その女の人、怨んでいない？」

「怨んでいないよ。生きていくために仕方なかったんだよ。男だった父親が悪い。だから、私は男が嫌いだ」

「じゃあ何でお父さんと結婚したの？」

「お父さんと知り合ってから結婚するまで、六年間くらいあったけど、手を一度も握ったこともなかったことかな。それと、無口なところかな。父親のこともあったからすぐに手を出してくるような男だったらお父さんと結婚していなかっと思うよ。それに……仲人さんを通して、父親のやったことについて一切口に出さないっていう約束してくれたんだよ。それだったらいいと思って結婚したんだよ」

「結婚してよかった？」

「ほんとのことを言うと、結婚しないで、実家にずっといたかったよ。ただ、嫁に行って母親を安心させてあげただけなのかもしれないね。苦労した親に、心配かけたくなかったんだよ」

私はあまりにも突然聞いた真実に、言葉を失いかけていた。

祖母が母に対して、戦争で誰もが文字さえ学ぶことができなかったことを知っていながら、文字が書けないわけではないのに、字が書けないと笑い、ふしだらなことをした父親の娘ということで、辛く当っていたことも知った。

「辛くて、辛くて、お前たちと家を出ようと考えたこともあったけれど、そんなことをしたら、実家の母親や兄弟に迷惑をかける。子どものお前たちに、可哀想な思いをさせたくなかったから頑張ってきたんだよ。父親があんなことさえしなかったら……」

自分の勝手で父親のいない子になったら、子どもがどんな思いをするのか、母は知っているのだった。

母の兄弟は仲がよく皆、母親思いで家族の絆を感じることができた。母の家系の血を受け継いでいることは私にとって救いでもあったが、母の母親はもうこの世を去っていた。

父親のことを口にしない約束に、母は耐えていたのだった。

母の弱みを握って、自分の足元を見ることなく母を責めてきた祖母を、私は許すことができなかった。それから、祖母と必要以上には喋らなくなっていったが、いつの間にか、祖母のことを「心の狭い可哀想な人だ」と思っていくのであった。

それでも母は、「おばあちゃんやお父さんが、父親のことを今でも一切、口に出さないことに感謝してるんだよ」と言った。

私は何も返す言葉がなかった。

「男は威張っていて、嫁は姑に何も逆らえない時代で、それが、当たり前だったんだ」

「でも、おじいちゃんはいい人だったよね」

「いい人だったよ。よくお前のことを、けい子はこの家の跡継ぎだからといって一生懸命面倒見てたよ」

祖父は、私がこの家の跡を継ぐことを望んでいたのだ。私はやはりこの家を継がなければならないと、自分の立場をわきまえ始めた。

入社した年の十月、私は会社の辞令どおり、新設された営業所へ移動になった。直属の上司は所長の、やはり〝ふざけてる奴〟である。新営業所は、営業、経理、事務合わせて七名に、現場が八名の小規模体制で始まった。それから、毎日が仕事との戦いだった。忙しかったがやりがいもあり、大変さの中にも仕事を一つ一つこなして達成していくたびに、大人の女へと近づいていく喜びを感じていた。仕事もできるようになって頼りにされて、気がつけば所長の右腕になっていた。目で合図すれば相手が何を必要としているのかわかるぐらいの信頼の厚い上司と部下の関係になっていった。

事務所で休憩の時間に、ちょっぴりエッチな話をしていた。同僚が「所長、鼻の下、伸びてまーす」。すぐに、鼻の下を押さえる所長。やっぱり、こいつは、女好きの〝ふざけてる奴〟である。男は、女と聞いただけで、理性よりも先に体が敏感に反応するものなのだ。特に、所長にはその傾向が強いのかもしれなかった。所長は男の背中を持ちながら、人並み以上に女好きであると思った。

会社の人間関係が出来上がって営業所も軌道に乗ってきた頃、所長と二人で仕事のストレスを酒場で解消していた。初めて所長に連れて行ってもらったのは、洒落た日本料理の店だった。会社と離れた場所で初めて所長と二人きりの時間。大人の場所で大人の味を知って、仕事以外の所長を見た。

それからも二人で頻繁に飲みに行っていた。

そして、私は時の流れの赴くままに、彼に身を任せ抱かれたのである。私が十九歳と十ヵ月、彼が三十五歳の雪のちらつく寒い夜だった。何もかもが自然で、怖いくらいの幸せでやさしい時間だった。

私は彼に初めて出会った瞬間に彼の魔法にかけられて、男の背中に魅せられて虜となった。

少女の頃、魔法使いになりたかった私が〝男の魔法〟にかけられてしまっていた。出会った時に、すでに私は彼に抱かれることを夢見てそれを望んでいたのだろうか。

胸が切り刻まれる思いだった。妻子ある男に恋をして好きになり後戻りできなくなってしまった。私は間違ったことをしてしまったのか？　汚れた大人になってしまうのか？　苦しい胸のうちは誰にも打ち明けられずに、どうすればいいのか手探りで必死に答えを探し求めていた。私にできること。それは、彼が困ることはしない。これまで以上に、彼のために仕事のできる女になって、彼を助けること。奥さんを泣かすことをしてはいけない。どんなに夜遅くなっても絶対に外泊はしないことを誓った。それが人の道から外れてしまった私が、出した答えだった。

誰にも気づかれることなく、彼と私は男と女の関係を続けながら、職場に私情は持ち込まず、仕事に命をかけるぐらいの気持ちで働いた。売上げは伸びて、利益は上がっていった。

私には理想の愛人像があった。それは、アルバイト先の喫茶店で知り合った女性。会社のイベントで見かけた取引先の社長の連れてきた女性。二人とも愛人であり、男心をくすぐる首筋の色気、体は華奢で、指も細くて綺麗である。そして、目の輝きには女の芯の強さがある。私は、太っていてブス。「私も、あの女性のようになりたい」。それから、綺麗になるために努力をしていった。それから一年後、私は皆が驚くぐらい変身していた。

所長の女は綺麗でなくていけない。何よりも所長のために、所長にふさわしい綺麗な女でいたかった。

彼はいつでも、私と会っている時も、所帯染みていないのであった。家庭を見せないその姿に救われていた。実を結ばない恋と知りながら、彼との関係を続けていられた理由のひとつであった。それに、幼い頃の出来事から今までのすべてのことを初めて打ち明けられた人だった。私のことをわかってくれた初めての人なのである。私には「若いのに古風なところがあって、懐かしさを感じさせるところがある」と彼は言った。

私の生まれてからすべての経験は十六歳年上の彼とつき合いながら彼の人生を受け入れて、理解するためにはなくてはならないものであったと運命的なことを考えるようになった。彼もきっと同じことを感じていたに違いない。

彼はべたべたする関係は望まずいつもクールでいた。心はやさしく広く、現実をしっかりと見極めて決断力の優れた人だった。そして時々あの背中に、一匹狼的な孤独を感じさせるのである。私はその孤独からとき放ってあげたいと心がキュンと、ちょっぴり苦しくなるのを感じた。そしていつかその時が来るのを願うのであった。

「好きだから自然とこうなった。俺は自分に正直に生きている」。彼の言葉に嘘はない。

私は本気で彼を好きになったことが幸せだった。

確かに不倫の関係だが、泥沼のようなものではなく、愛人である私は自由だった。

いけない関係とわかっていても、お互いに本気でわかり合えているならば人生はプラスになる。彼と私は互いがプラスになる良い関係であった。その陰には、彼の努力があったのだと思っている。大人になっても汚れないのではなくて、汚れないために自分を磨き努力をしていくことが大事であると彼は教えてくれた。

営業所設立から五年、彼は取締役に昇進した。〝ふざけてる奴〟は偉くなったのである。

所長はそのまま継続となり、昇進したことは嬉しかったが、〝私の所長〟が遠くなっていく気がしていた。時は流れていた。

私は二十四歳になっていた。所長と関係を続けながら、友人に紹介された男性とつき合っていた。私は所長に彼氏のことも話していたし、結婚についても考えていた。こんな時、所長は至ってまじめに上司の顔をするのであった。

同僚や、親友の花嫁姿を見るたびに私は焦っていた。自分だけが取り残されていくようだった。

私は彼氏に尋ねた。

「私と結婚を考えているのだったら、お婿さんに来てもらえないと困るの。お婿さんがいやならあなたとはつき合えない」

「出会った人が家の跡継ぎだっただけで、俺は婿にはこだわらない」

私の結論は、なかなか出てこない。結婚して子どもができたら会社を辞めることになるだろう。所長と今までのようにはいかなくなる。私の中にはいつでもどこでも所長がいた。

男四人兄弟の末っ子の彼氏の両親はすでに亡くなっていた。

〝婿に来てくれる〟これだけで、結婚の条件は十分だった。

人生の選択。

私は結婚しても仕事を続けることに決めた。子どもができればその時考えればいいと思った。所長も、私が結婚することに反対はしなかったが、複雑な気持ちであったに違いなかった。結婚をしないでこのままの関係を続けることはきっと所長は望んではいないと思うしかなかった。


その頃、祖母の認知症が進み、寝たきりになり、祖母を介護する母を私は手伝うようになっていた。祖母の食事の支度をしながら「二階に台所を増築しなさい。おばあちゃんの面倒でこんなに台所が汚れちゃうし、仲良く二人で二階で生活してくれたらいいんだから。それにお風呂場もあるといいね」という母のさり気ない言葉が嬉しかったが、予算の都合もあり台所だけを二階に増築することにした。

私は結婚について決めていたことがあった。結納金、新婚旅行、式場、その他結婚についてのすべての費用と、それに、増築費用を自分で出すことだった。彼氏のことを父に反対された時期もあったので特に強く思っていたことだった。

私の気持ちを知って「このために働いてきたんだから。お父さんには内緒だよ」母は増築費用を援助してくれた。

祖母が母をいじめていても、何も言えない父、家族の心がバラバラで争い事が絶えない家にうんざりだった。私は変えていきたかった。死んでしまった祖父がいた時のような家庭に、家族にもう一度戻ってみたかった。父は祖母に似ている。母のように辛い思いをさせないためにも、私が父から結婚相手を守らなくてはいけないと決めていた。それは、私に与えられた使命のような、また、この家の跡継ぎといって、私のことを最後まで心配してかわいがってくれた祖父への恩返しのようでもあった。

「お父さん、結婚の費用、全部自分で出すからいいよ」

「そうか」

それ以上何も言わない父に何も感じるものはなかった。

しばらくして母から、

「お父さんが式場の費用は出してくれるそうだよ」

「どうしようかな?」

「出してもらったほうがいいよ。親だからこれぐらいしないとな、何て言ってたよ」

「わかった。そうする」

父は私に直接言えなくて、いつも母を通じてくる。不器用な人なのである。

いくら、無口なところが良かったと母が言っても、もう少し喋ってほしかった。

結婚式の二日前、高校卒業と同時に家を出て、働きながら専門学校へ通っていた妹が帰ってきた。しばらくぶりの妹は、大人っぽくなっていた。

「お姉ちゃん、結婚おめでとう」

「ありがとう」

「私ね。高校卒業したらこの家出ること考えていたんだ。この家から逃げ出したかったんだよね。お姉ちゃんに悪くて言えなかったんだ」

「私のことは気にしなくていいよ。反抗してた時、ちいちゃんにもいやな思いさせたものね。この家を出たいって思っていたその気持ちわかるよ」

「あとね、お姉ちゃんがお給料日にケーキの箱を持って帰ってくる姿に憧れていたんだ。洋服も買ってもらったり、いろいろありがとう」

妹は私に話す言葉を考えてきていたようだった。

「お姉ちゃんの結婚は嬉しいけど、取られちゃう気がして寂しいな」

妹はやはり甘えん坊なのだ。

「結婚しても私はちいちゃんのお姉ちゃんだよ。ずっとこの家にいるから、いつでも帰ってきていいんだよ。待ってるよ」

妹も私と同じように、この家が好きではなかった。妹は自分でこの家を出て行く道を選んだのであった。


所長は、結婚式の披露宴で会社の人たちに「所長、彼女が結婚しちゃって寂しくないですか」なんてからかわれていたようだった。「彼女はちょっと、貸しただけだから」。やりきれない所長の本音であった。所長の心境を思えばこの一言は、私の胸を痛くするのであった。

それから一週間後、新婚旅行から帰ってきた私は所長の待つ事務所に戻った。所長と私の間には結婚したから別れるとか、結婚しても今までのようにつき合いましょうとか、そんな約束や言葉はなく、今までどおり、時の流れるままに何も変わらないことを信じていた。

私も、家に夫となった人がいるだけで後は何も変わらない平凡な日々を過ごしていた。夫は働き者でやさしく、両親はいい人が婿に来てくれたと喜んでいた。

しかし、私は所長に思いを寄せれば切なくなって、結婚は自由を奪うと知り、私は自由でいたかったと、心の中で格闘していた。わがままな、自分勝手な考えであることもよくわかっていた。しかし、所長のことを思うと、恋する心は理性を忘れて抑え切れなくて、はちきれてしまいそうになることもよくわかっていた。

そんな時、私は結婚してから初めて所長と二人きりの時間を過ごした。

小さな地味な映画館で『男はつらいよ』を観た。独身の頃も度々、この映画館に来ていた。

日陰の身である私たちの関係では、人目を忍ぶ場所で会うしかなかったが、この映画館を訪れることは私たちにとって少しだけスリルのある楽しみだった。彼も私も、寅さんと、(高倉)健さんが好きだった。彼は、自由に生きていながら人情がある寅さんと、立っているだけで絵になる渋い健さんに似ていたが、本人に言ったことはない。〝ふざけてる奴〟はすぐに付け上がるのである。私は、こんなにも所長のことをわかっているのに……。

私はやっぱり彼が好き。彼もやっぱり私を抱きたがっていた。彼の腕の中で、愛して愛されて、重なり合った肌を離したくなかった。いけないことをしている後ろめたさはまったくなかった。こうして会うことができなくても、私はずっと彼への思いを持ち続けて生きていくことを決意した。これが私の選んだ道だった。

結婚から一年目、私は妊娠した。もちろん夫の子どもである。

母は本当に嬉しそうに、男でも女でもいいから、五体満足であるように、お産が無事であるようにとお守りを持たせてくれた。

お守りを眺めながら束の間、所長を思い出していた。

結婚式を二日後に控えていた会社の事務所で「新婚旅行はハワイに行くんだろう。飛行機が落ちないお守りだよ」。かわいい小さなお守りをもらったことを……。タイムスリップしたように、その時の様子が鮮明に浮かんだ。所長と私を繋ぐものは思い出だけになってしまうのだろうか？　その思い出をひとつずつ心の引き出しから出しては仕舞い、出しては仕舞い、振り返っていた。

しばらくして母の声が聞こえて、夢から覚めたように少しぼんやりとしていた。

「子どものためには母親がいてあげるのが一番だからね」

「私、会社を辞めるしかないね」

母が子どもを見てくれるのであれば、出産後会社に復職しようと考えていたが、母は勤めている会社に定年まで通いたいという思いがあった。何よりも生まれてくる子どものことを思えば、母になる私が会社を辞めることが自然なのである。

所長には五月に生まれるので、三月末で会社を辞めることを告げた。こうなることがわかっていたように、ただ下を向き頷くだけの所長であった。

悪阻《つわり》のひどい私は、食べてもすぐに吐いてしまって、食べることがいやになっていた。

「これに耐えて母は強くなっていくのだ」と、お腹の命を思った。

五ヵ月を過ぎると少しずつ悪阻が軽くなってきた。会社の事務所で「うなぎが食べたいな」などと、食べたいものについてお喋りをしていた。

その日の夕方、事務所に戻ってきた所長は「これ持って帰って。食べたかったんだろう」

私は、あの日本料理店の桜の花びらが散りばめられた紙の手提げ袋を渡された。

「ありがとう」。精いっぱいの言葉だった。

所長は、あの時の会話を聞いていて、うなぎを買ってきてくれたのだった。所長と二人きりのわずかな時間は、懐かしい時間でもあった。夫の子を身ごもった愛人の女に、二人前を買ってくるという行動に、所長の背中の広さを感じながら、切なくなっていた。

あのお守りも、このうなぎも、「俺を絶対に忘れるなよ」という彼のメッセージであったなら、私は伝えたかった、「所長のことは絶対に忘れない。忘れろと言われても忘れない」と。

〝ふざけてる奴〟は、私の愛してるいい男で、私の大切な所長なのである。

そして、所長への思いを胸に刻み込んだまま、また会えることを信じて、九年間、所長と過ごした会社を退社した。二十七歳の春、所長四十三歳であった。

専業主婦となった私は、出産の準備をしながら、働いている母の代わりに、日中は祖母の面倒を見た。毎日が変わらない穏やかな日々を送っていた。夫も、父も母も生まれてくる子どものことを思って幸せそうだった。夫は男の子が欲しいと言っていた。私は五体満足であればよかったが、女の子を望んでいた。

五月六日の検診日に医師に言われた。「今夜、陣痛が来るかもしれませんね。痛くなったら連絡して来てください」。医師が言ったとおり、その日の夜に陣痛が起こって病院に行った。

分娩室に入り、不安でたまらなかったが安産で、五月七日午前一時二十分、二五一〇グラムの女の子を無事出産した。

「しばらくの間ここで安静にしていてくださいね」。助産婦さんの足音を聞きながら、母もこうして私を産んで親となり、私も今、母になったことに、誰にも解くことのできない命の不思議を感じていた。また、子どもを産んだ瞬間、私自身が生まれ変わっていくような気がした。体を流れている血液が浄化されていくような、何ともいえない幸せに包まれていた。これが出産を体験した女性にしかわからない幸せなのかもしれないと。

子どもは五体満足で生まれてきてくれた。私の体も順調だった。しかし、退院の二日前に祖母が亡くなった。生と死が同時にやって来たのであった。

私と子どもは、葬儀が終わった次の日に退院した。忙しい母とやっと落ち着いて話ができるようになるにはしばらく時間がかかった。

「おばあちゃんに、けい子の子どもが生まれたんだよ、って言ったら、あんな小さいお腹で生まれたのかいって言ってたんだけどね」

「おばあちゃん、私のお腹見てたんだね。確かに生まれた子も小さかったからね」

「ここのところ、陽気の変化も激しかったたし、だいぶ弱ってきていたおばあちゃんには耐え切れなかったんだね」

「きっと、おじいちゃんがあの世から迎えに来たんだよ。孫も生まれたし、こんな年寄りがいたんじゃ皆が大変だと思って、おじいちゃんが連れて行っちゃったんだよ」

私は自分でもびっくりするようなことを言ったのであった。私は続けて言った。

「そうだとしたら、おじいちゃんせっかちだよね。子どもの顔を見せてからでも良かったのに……」

「おじいちゃんらしいね」

私は死んだ祖母に、子どもの時のような激しい感情はなく、少しの間だったけれど、面倒を見てあげられて良かったと思っていた。いいおばあちゃんだったとは言えないけれど、同じ屋根の下で暮らし、死に向かっていく祖母に何ひとつ面倒を見ることをしていなかったら、人としてきっと悔やんでいただろう。大変な祖母であったが、「これで良かった」と、私は繰り返し呟いていた。

子どもの名前は〝優〟と名づけた。

子育てをしながら、昔の母の姿を思い浮かべ、母親の愛情の深さを知っていくのだった。

一時、保育器に入っていた小さかった優は元気に育ってくれていた。赤ちゃんは、皆が幸せになるために生まれ、握り締めた小さな手の中には限りない希望が満ちているのだ。

ひしひしと、親の重み、責任を実感していき、毎日は忙しく過ぎていった。

優が歩き始め、喋れるようになってくると、子どもの無邪気な気持ちや遊ぶ姿に、私も子どもに戻っていくようであった。

蓮華の花摘みや、虫捕り……私の幼い時のように田圃の中で走り回る娘に懐かしい自分を探していた。自然が好きで自由が好きで、そして所長が好きな気持ちに今も変わりがないことに募る思いを耐えている私だった。

それから四年後、私は二人目の子どもを出産した。次女の〝幸〟である。親子四人の私たちに、両親を加えた六人家族は、当たり前のようにそれぞれの役割を果たしながら日々の生活を過ごしていった。私は、、夫と喧嘩したことはなく、夫は娘に慕われる父親になってくれていた。それが娘には幸せなことだと夫に感謝していた。

そして、私の三十三歳の誕生日。三十三本の真紅の薔薇の花束が届いた。所長から届いた薔薇に「私だって忘れていない」、そっと囁いた。火がつきそうな心を静ませていくのだった。薔薇を見た夫は、「所長から?」。「そう」。「良かったな」。笑顔で言った。仕事中心だった私を理解して所長のことも知っていた夫だった。疑う様子もない夫に所長との関係はどんなことがあっても隠し通さなければいけないと心に誓い直していた。

幸が幼稚園に入園してから私は常勤で勤め始めた。子どもたちは退職していた母が見てくれていた。私はその職場でいやな女の戦いをまた見ることになった。

新入りで黙々と仕事をする私にいじめの視線が向けられてきたが、稼ぐには我慢する。せっかく覚えた仕事を無駄にしたくなかった。そう思えるだけ年を重ねたということなのだろう。

子どもを見てくれている母に、私は旅行をプレゼントした。それは、親子四人の私たちに、母が同行するものであったが、夫も賛成してくれた。嬉しそうな母の姿はなぜだか小さくなったようだった。旅行には父も誘ったのだが、「留守番してるから行って来ていいよ。留守中に何かあったら大変だから」などと、言い訳して行く気にならないのである。祖母が亡くなって口うるさくなった母から逃れて、男一人、静かに過ごしたかったのだろう。

親が子どもを見てくれるからといっても常勤で働くには限界があった。生活の忙しさで睡眠不足となり、体調を崩し疲れが積み重なっていった。また同じ繰り返しの作業の会社の仕事で手首を痛めて、目眩がして首はむち打ちの後遺症のようになってしまっていた。通院しながら会社と家を行き来するだけの毎日に私の心は沈み、いつか会えると信じていた所長への思いは、絶望的だった。

これでいいのだと自分に言い聞かせていた。娘が大人になっても父親のことを慕っていられるように、夫に頼るように生きていこうと思い始めていた。今まで夫がいながら一人で生きてきたような私だったから。

好きだから結婚したのではなくて、結婚してくれるから好きになろうとした。私の結婚は道理の上で成り立ち、結婚という文字に自分が〝曖昧な魔法〟にかかってしまっていたのである。

所長への思いは薄れてはいくが、消えることはない。妻となり、母となりながらも、所長のことを思い浮かべれば若かった頃に気持ちは戻り、女になるのである。所長がどんなに大切な人であったかを、今になって気づいた愚かな私。思えば思うほど苦しくなっていく女心だった。

こんな気持ちのまま、おかしなことを想像していた。「夫は長生きのできない人かもしれない。でも娘たちが二十歳になるまでは生きていられる」。こんなことを考えてしまうのは、きっと心身ともに疲れているからだと思いながらも、涙があふれるのだった。夫は人生を急いでいるように、駆け抜けているように私の目に映っていた。

「最近、歯の抜ける夢を見るのね。いい夢じゃないし、身内に不幸が起こる夢だから、気をつけてね」。私は母に告げた。

これから私たち家族に、何が起こってどうなっていくのかなどと誰がわかっていただろう。この平凡な幸せがいつまでも続いていくものだと信じ始めていたのに。

そして、十四回目の結婚記念日の前日、私の夫は突然の死を遂げた。

朝早く仕事に行く夫は「先に、寝るから」と言い残して寝室に行った。最期の言葉だった。

寝ている夫の悲鳴のような息遣いを聞き、近寄ってみると冷たくなっていたのだった。隣に寝ていた幸は、「お父さん、お父さん、お父さん……」と震えて叫んでいた。

救急車で運ばれた病院で夫の死亡を告げられた。

「お父さんだめだった。死んじゃったよ」

母に電話で伝える私の声は、真夜中の病院の片隅にのみ込まれていった。

「私みたいな、どうでもいい年寄りが生きてて、若いお父さんが死ぬなんて……」

「どうでもいいなんてそんなことないよ……幸は？」

「お父さんを待ってるからって起きてたけど、お父さんは元気になって帰ってくるよって言ったら、安心して眠ったところだよ」

「朝になったら、優と幸に話すから……」。電話を切った。

別の部屋に寝ていた優は、この時父親に何が起こっているのか知らなかった。

私は娘たちに、父親の死を告げなければならない辛い役目があった。

優も幸も私も泣いた。「生きなければ！」、娘の必死に耐える顔を見て、涙を止めていた私だった。赤とんぼの季節、夫は四十三歳で還らぬ人となり、優十二歳、幸七歳、私は三十九歳で独り身になった。

私は葬儀の準備に追われながら、夫の死を受け止めていくしかなかった。

娘たちは「お父さんが無事に天国へ行けますように」、それだけを願って折鶴をできる限りたくさん作っていた。「お姉ちゃんのように上手に折れない」、幸は手で涙を拭った。

「大丈夫だよ。お母さんが手伝ってあげるから」。涙をこらえながら私も鶴を折った。

夫が眠る柩は生花と折鶴で綺麗に飾られた。柩の蓋の最後の釘を私は手を震わせながら力を振り絞るように打ってその場に泣き崩れた。

骨となった〝大好きなお父さん〟を、十二歳の優が白い布を首にかけ抱きしめていた。幸は優の隣で難しい表情を浮かべて歯を食いしばっていた。

これからもう一度この家を支えていかなければならない父の背中は、丸まって寂しそうだった。

布団の中で息を引き取った夫の顔は何事もなくただ眠っているようだった。いっぱい話したいことがあったはずなのに、何も言えずに逝ってしまった夫。苦しみもない穏やかな顔、それだけが唯一の救いであった。これからもずっと穏やかな死として受け止めていこうと、前向きに生きようとする私だった。

葬儀が無事に済んだその日の真夜中、母が倒れ病院へ救急車で運ばれた。あと、十分遅れていたら助からなかったと告げられた。病院の薄暗い廊下の長椅子に一人座り、看護師さんに呼ばれるのを待っていた。看護師さんは、母の倒れた時の様子を聞きに来た。

「ゆっくりでいいから倒れた時の様子を教えてください」

「母は……主人が突然死んでしまって、葬儀が終わったばかりなんです。なぜこんなことに。みんな私の前からいなくなっちゃうんです。……」

あとは、言葉に詰まり狂ってしまうのではないかと思うぐらい涙があふれた。涙で溺れそうなくらい泣いたのに、それでもまだ涙があふれてくるのはなぜ？自分がわからなくなってしまいそうだった。

「大丈夫ですか」、私の肩に触れた看護師さんの手のやさしい温もりに救われたのであった。

母はしばらくの間、入院して検査をすることになった。

私は明け方近く家に帰り布団に入った。体も心も限界を超えているのに眠れなかった。布団にもぐり込み「もし私が突然、夫と同じように死んでしまったら、子どもたちはどうなってしまうのだろう」、動悸がして息ができなく、苦しくなって気を失う寸前に起き上がった。

深呼吸をして落ち着きを取り戻して、無邪気に眠っている娘たちの顔を見ながら仏壇の前に座った。手を合わせて、目を閉じた。

「今までの人生で罪なことがあるならば許してください。もうこれ以上、子どもたちには悲しい思いをさせないでください。せめて、優が二十歳になるまで、私に命を与えてください」

私は、瞼の奥に祖父を思い浮かべて祈った。断ち切れなかった所長への思いに罪の意識を感じて私は泣いた。

間もなくして夜が明けた。骨になった夫のほかには何にも変わらず、食事の支度、洗濯、掃除などを終わらせて母の病院へ向かった。母は元気を取り戻していた。

「大丈夫？」

「心配かけたね」

「家のほうはちゃんとやってるから。早く良くなって」

「死んだほうがいいかと思っていたけど、人は簡単に死ねないものだね」

「死にたいと思ってる人は、死ねないんだよ」

「おじいちゃんとも話したんだけど、お前のことを娘と思ってもう一度、親としてやっていこうって約束したんだよ」

父と母は私のために、優と幸のために、親として生き直そうとしてくれている。親の心の深さを感じて、いつまでも心配をかける親不孝な娘だと思った。

具合の悪そうな私に母が言った。

「今すぐに、この病院で診てもらってきなさい」

「そうする」

私は外来で受付をして待合室で番が来るのを待った。呼ばれて診察室に入り医師に事情を説明した。熱心に話を聴いてくれた医師は母の担当医だった。

「とりあえず点滴しましょう」

昨夜一睡もできなかった私は、点滴の準備を待つ間、椅子に座っているのも辛くなり、目を閉じて横になってうとうとしてしまっていた。

体は疲れているはずなのに神経の高ぶりは治まらず、「これは現実ではなくて、本当の自分は違う場所のいるはず」という深い錯覚に陥ってしまった。

「とても具合が悪そうですけど、大丈夫ですか？」

看護師さんに声をかけられて目を開けた。

それから二時間後、まだ体にだるさを残していたが、点滴のおかげで落ち着きを取り戻して家に帰ることができた。家では娘たちが心配そうな顔をして待っていた。

「お母さんの顔色も良くなったし大丈夫だよ」

留守番をしていた妹が言った。


次の日、葬儀に使われた花の根元を一本ずつ切っていた。シーンとした家の中にパッチン、パッチンとはさみの音が澄み渡った。夫が死んで悲しいはずなのに、不思議なくらいとても穏やかな空気に包まれているのを感じた。それは子どもを産んだ時と同じように、血液が浄化されて生まれ変わっていくような感覚だった。生と死が背中合わせにあるということはこういうことなのかと、死を目の当たりにして、私の感性は敏感になっていくようだった。

後ろを振り返ると妹が立っていた。妹は、結婚して子どもが二人と、夫と四人家族で私の家のすぐ近くに住んでいた。ちいちゃんもいつの間にか立派な母になっていたのだった。

「声かけたけど聞こえなかったみたいだから、上がらせてもらっちゃった」

「ごめん、花が可哀想だから茎を切っていたんだ。すぐ終わるからコーヒーでも飲んでいって」

「うん、お姉ちゃんの後ろ姿見て、こんなふうにお姉ちゃんはこの家を守っていくんだなって思ったんだ。それに会社はどうするの？」

「辞めることにしたよ」

「そのほうがいいよ。親の言うことといやがらずに聞いて、体こわしても働いて忙しくしてたんだから。きっとお義兄さんもそう言ってるよ」

妹は妹なりに、私に気を遣った思いやりの言葉であった。

稼がなければ金銭的に苦労するのはわかっていたが、先のことは考えられず、私は娘たちのそばにいてあげたかったのである。

母は狭心症の疑いがあると診断された。

私は母と一緒に担当の医師から説明を聞いた。心臓の血管のどこの部分がどのように悪いか詳しく知るには、入院が必要なカテーテル検査を受けなければならないと告げられた。

しかし、この病院では、カテーテル検査のできる設備が整っていなかった。医師から、どのような検査の結果でも、万全の対応ができて、心臓病の名医がいる都内の病院を紹介された。

母は、「どうしても東京の病院に行かなくてはだめでしょうか?」と、汗ばむ額をハンカチで押さえながら不安そうに言った。

家の事情を知っていた医師は、「お母さん、娘さんのご主人が亡くなられて辛いでしょうけど、とりあえず検査を受けましょう。治療については検査の結果次第ですから。娘さんや、お孫さんのためにも一日でも早く元気になれるよう一緒に頑張りましょう」と、母を励ましてくれた。私たちの質問した、これからの日程や検査、治療法などについて、真剣に納得いくまで安心させる口調で答えてくれた。信頼できる医師の一生懸命な気持ちが通じて、検査を受けることを承諾した母であった。


それから間もなく、退院の許可が出て母は家に帰ってきた。そして、夫の四十九日の法要が済んだ日から二日後、母は都内の病院へ向かった。

それから、子どもたちを妹に預けて二時間かけての通院が始まった。父も母が心配なのか、毎日病院へ通った。

「毎日、行かなくても大丈夫だよ」。「話し相手もいなくちゃ寂しいだろうからな」

と言いながら、母のいない寂しさを感じているようだったが、母に尽くしている父の姿であった。

母が検査入院した日、看護師さんが病院のベッドにいる母に尋ねた。

「一番頼りにしているのはご家族の中でどなたでしょうか?」

母は何も言わない。

「やはり、ご主人ですか?」

母は口を結んで、そっぽを向いた。私は母の父に対する反抗が、ちょぴりかわいくておかしかった。

「こちらの方は実の娘さんですか? 娘さんを頼りになさっているのですね。それでは先生からの説明を受ける方を娘さんということにしましょうか?……よろしいですか?」

母は首を縦に振った。この場所に父がいなくて良かったと思った。これは私にはわかるはずのない父と母が築いてきた夫婦のあり方なのである。

母の検査の結果は、心臓の太い血管二本が詰まっていて、そのうちの一本を治療することになった。軽い治療ではあるものの、体にはメスが入る。悪くすれば治療中に本格的な大きな手術になることも考えられていたので、無事に終わった時には、気が抜けてしまいそうだった。

もう一本の血管はしばらく様子を見るということで手術をしないで済んだ。医師から「とりあえず薬と食事で頑張りましょう。詰まった血管が原因で体に異常があった場合はすぐに手術となりますから。あまり神経質にならず無理をせずに規則正しい生活をしてください」と、説明を聞いた。

入院してから二週間後、以前より元気になって母は家に帰ってきた。

十二月にしては穏やかな日差しの暖かな日だった。

娘たちは父親の死を受け止められているのか、母親の私にもわからないのであったが、ふだんの生活の中で〝お父さん〟という言葉に敏感になっていた。出かけた先で父親といる子どもを見ると、優は目をそらして、幸は優の後ろに隠れてしまうのであった。

私は悪いことをしているわけではないのに、後ろ指をさされているようで、人に会うのがいやになっていた。買い物に行くにも知っている人に会わないように込み合う時間帯を避けていた。心の後遺症は時が解決すると思いながら日々を過ごしていくしかなかった。

時の流れとともに、精神的に娘たちは強くなり、私も余計なことは考えなくなり元気を取り戻していった。

新年を迎えてから無我夢中で半年が過ぎた。

私と所長は互いの携帯の電話番号を知っていながら、今まで連絡を取り合ったことはなかった。お互いの立場を思いあって、一緒に過ごした日々を大事にしていたかったのだ。

七月の真夏の太陽が輝く正午、私はあの日本料理店で所長を待っていた。

一週間前、私は迷っていたが夫の死だけは所長に知らせておこうと電話をした。

「お久しぶりです。元気ですか」。「大変だったな。大丈夫なのか」。懐かしい彼の声に、愛し合ったあの頃が昨日のように思えてならなかった。

彼は風の便りに私に何が起こっていたのか知っていた。連絡を取ったが通じなかったことも話してくれた。私は電話番号を変えていたのだった。

約束の時間、所長はやって来た。

相変わらず、寅さんと健さん風を装っていた。スーツにネクタイ姿の、ずっとずっと思い続けた男が今、目の前にいる。攻撃的な目も、髪を撫でるしぐさも、孤独感を感じさせる背中も、何も変わっていなかった。変わったことは彼は偉くなっていた。専務にまで昇進していた。社長になることが彼の夢であることを私は知っていた。

専務と言えずに所長と呼んでしまう私に「所長でいいよ」。やさしい声だった。偉くなった彼に緊張している私、夫を亡くした私に気を遣う彼、会話に不自然さを感じたが、すぐに昔のように戻っていく二人だった。

「社長までもう少しだね」

私は彼の目を見つめた。

「そうだよ」

答えた彼はとても疲れている様子だった。この時の彼がどんな状態であったかをしばらくたってから知ることになるのである。

「いつでも連絡してくれていいから」

「ありがとう」

私たちは、それぞれ自分のあるべき所へ帰っていった。

それから、彼とは連絡を取らなかった。連絡をしたら大人の邪魔をする子どもみたいで、彼が困るのではないかと感じていたから。それに私は夫の死から自信を失い、人生の迷い子のようになっていた。


久しぶりに私は友人に会った。イタリア料理店で、ピザに、サラダ、ナポリタンを頼み、ビールを飲んだ。

「旦那さん、亡くなって何年になるの？」

「二年かな」

「もうそんなになるんだ。子どもも大きくなったでしょう。頑張ってきたじゃない」

友人の言葉に「はっ！」として、一瞬で長い夢から覚めたようだった。

私は今まで頑張ってるなんて思ってもいなかった。それさえもわからないほど夢中で生きてきたことに気がついた。

「再婚は考えてるの？」

「全然考えてない。もう結婚はしないよ」

「そのほうがいいよ。親のことは別にしても子どもが女の子だから私も再婚には反対かな。でも、これから生きていくうえで、男の意見がきっと必要な時が来るから、相談できて話し相手になってくれる人はいたほうがいいと思うよ」

「そうかな」

私には結婚とか男とか、この時まったく眼中になかったのである。

友人は私の翳りのある寂しさを察していたようだった。

「お父さん、お母さん、元気？」

「母は、近くの病院に二週間に一度通院してるけど、今のところは元気にしてる。

父はあまり昔と変わっていないかな」

「お父さん、けい子の結婚式の挨拶で泣いてたじゃない。涙を流す人に悪い人はいないよ。お父さんのこともう少しわかってあげなよ」

「そうしてみようかな」

父は夫が死んだ日、布団の中で声を殺して泣いていたのだ。

父は私の幸せを願っていた。父を避けていた私は、これからはしっかりと向き合っていかなければいけないと考えていた。

友人と私は、口が休むことなく喋って食べて飲んで別れたのであった。

男性のことで母にも言われたことがあった。

「これから、男の人とつき合うことがあって、奥さんや子どもがいる人だったら、家庭を壊すようなことしちゃだめだよ」

独りになってしまった私を不憫に思っていたのだろう。

私は脳裏に所長を思い浮かべた。

「男の人とつき合うなんてことはないし、結婚もないよ。でも生活のために、いい話があったら結婚を考えたほうがいいのかな?」
「そんなこと考えなくていいよ。贅沢をしなければ、何とかやっていけるから。結婚して大変な思いをするんだったら、その分自分の時間をつくって楽しんだほうが気が楽でいい。それに、お前が小さい頃に戻ってしまったような気がするんだよ」、母は涙ぐんでいた。

結婚した私が苦労していたことも、結婚がどんなものであるかも母は身をもってわかっているのである。そして、母の目には、支えるものを失った私の姿が、独りぼっちの幼子のように映ったのだろう。

生まれ育ったこの町の、顔見知りの人たちは私が夫に先立たれた女であることを知っている。

買い物をしていると、一人の顔見知りの男が私に近づいてきた。私にぴたりと寄ってきて耳元で、
「今度二人きりで会おう」
男の声に身震いがした。怒りを込めて、

「そんな暇はない」

小さな声で答えていた。悔しかった。

軽い女に見られた自分に腹が立って惨めだった。独り身の立場と知って隙あらばと、私の体を隅々まで見ている男たちの視線があることに今まで気づかずにいた。愚かだったのだろうか？　もう二度とこんな誘いの声を聞くことがないように「私は強くなる」と思わずにはいられなかった。

近所の集まりで、夫婦同伴のことが度々あった。皆は二人で、私はいつも一人。寂しいとか悲しいのではなくて、体がしぼんでしまうくらい心が空っぽになってしまうことに「夫がいないから」とは思いたくなかった。

父と母は夫婦喧嘩をよくやっていた。ひどい喧嘩になるとガラスまで割る始末だ。そんな親に向かって私は怒鳴った。

「いい加減にしてよ。いい年してみっともない。夫婦喧嘩したくたって相手がいない私のこと考えたことあるの！」

父は、私が今まで見たことのない顔をして驚いていた。その後、十分も経たないうちに茶の間でテレビを見ながら笑っている父と母の姿を見た。実の娘の私にもわからないこと、これが夫婦なのだと思った。怒鳴った私は馬鹿に思えてならなかった。

両親からも、世間からも夫婦というものを見せられて、夫婦の絆を持つことを断たれた女であった。そして、身を奮い立たせて、娘のために母親と父親の役目を果たすことで、懸命に立ち上がり強くなり、力尽きては、また立ち上がろうとする。今までにない苦しみに、もがく心は、ぼろぼろになり疲れ果てていった。

葬儀、法事でお経を聞いていた時、背筋がぴんと伸び、凛とした空気を感じたことを思い出した。気が張りつめるような空気が私は好きだった。

心が無になる凛とした空気の中にいたほうが楽に生きられるのかもしれない。

仏門の道に入ってしまいたいと思うほど苦しみ悩んだこともあった。

家の跡を継ぎ、子どもと親をかかえた女が一人で生きていくことの大変さをわかり始めてきたのだった。

こんなやりきれない気持ちの時に、所長と過ごした会社の同期の友人から連絡があった。

夫の葬儀以来、初めての電話だった。私がどうしているのか心配だったと言っていた。そして、会話は自然と所長の話題になった。同僚は社内恋愛で結婚をしたので、会社の事情は彼女の夫から聞いてよく知っていた。

私の夫が死んだ同じ年に所長が脳梗塞で倒れたことを聞いた。

所長と再会した夏、あの時は倒れた後で、会社に復職したばかりであったこともわかった。もうすぐ定年になるので、今は自宅待機で仕事をしていることも話してくれた。

友人との話は早めに終わらせて電話を切った。私は動揺していた。倒れたと聞いて、すぐに彼に何があってどんな道を歩んできたか想像がついた。長い年月離れていても九年間そばにいて仕事をしてきた私にはわかった。自分の体のことも考えられないぐらい仕事にのめり込んでいったのだろう。私は彼が大変な時に助けてあげられなかったことを悔やんだ。今、私の思い続けた心は堅い殻を突き破り彼の元に飛んで行こうとしていた。

再会した時に、病気のことや、それが原因で社長になれないことを話してくれたとしても、あの時の私には、受け止めるだけの心の力と余裕がなかっただろうと、彼を思い出していた。

彼は誰にも、私にも絶対に弱みを見せないこともわかっていた。

私は彼ともう一度、再会することを心に誓った。彼の人生を受け入れられるように、会社のトップにまで昇りつめた彼にふさわしい女になるために、心を磨き直す必要があった。そのためには気持ちの整理が必要であった。急がずにゆっくりと過去を振り返りながら、家族のためにそして彼のために、自分を信じて生きたいと前向きになっていくことで全身に光を浴びていくようだった。

振り返っては立ち止まり、その時、その時の自分を見つめ直していた。

子どもの頃、貧しいと思っていたが、お腹いっぱいに白いご飯が食べられたことが幸せだと気づき、親に反抗していた頃の自分が恥ずかしくなった。

結婚してからの生活は、幼い頃、無邪気に遊んだままごとのように思えた。それほど幸せなことであった。平凡であることが幸せで〝幸せ〟を感じられずにいたこと。こんな私と結婚してくれた夫に「ありがとう」と感謝をしていたのだ。

夫が亡くなり、初めて優と幸と三人で旅行に行った高原で、自然の香りを肌で感じられたこと。所長と一緒に仕事をして愛されたこと。所長が好きでずっとずっとそばにいたかったこと。今でもその気持ちに変わりがないことも。

ひとつずつ踏みしめながら、暗闇のトンネルから一歩、一歩、抜け始め、運命はあるべきところへと動き出していた。


少しずつ自信を持ち始めていた私に中学の同級生から臨時のパートの話があった。簡単な事務の仕事で、融通がきく職場だから考えてほしいということだった。このチャンスを逃したら私は仕事のできない女になってしまう。所長と再会するために社会の風に当らなければいけない。生活のために稼がなければならない。そして、友人に仕事をすることを伝えた。

仕事に慣れてきた頃、職場で仲良くしてくれた女性が嫌味のない口調で私に言った。

「すごく色が白くて綺麗な肌してるね。羨ましいよ」

「そんなことないよ」

「綺麗っていうより透き通ってるって感じだよね。首筋も細くて色っぽいよね」

「そうなの？　自分じゃよくわからないよ」

「それに旦那さんが亡くなって苦労してること知らなければ、何の苦労も知らないお嬢様育ちに見えるんだよね」

「えっ！　私そんな風に見えるの」

「自分のことわからないってことは理解できるけど、存在感があるっていうか、ただいるだけで敵を作るタイプかな？」

びっくりもしたが、嬉しかった。

女は綺麗と言われれば誰でも嬉しいものなのである。ただ、敵は作らないように気をつけようと思った。

自分が人からどんな風に見られていたか考えたことがなかった。痩せていたこともわからなかった。その余裕すらなかったのであった。

女を忘れてきた私が所長に会うために、所長への思いが女にしてくれている。磨き直そうと誓った時から二年六ヵ月が過ぎて、心は輝き始めているようだった。

そして、私は気持ちを抑えきれずに彼に電話をした。

「もしもし……」

声が出ない。

「あの……」

「久しぶりだな。元気だった？」

「はい、病気したって聞いたけど大丈夫ですか？」

「平気だよ」

彼は自分から病気のことを一切話すことはなかった。私の生活の様子や、長女が今年、受験生であることを話した。また電話をする約束をして、電話を切った。短い会話だったがそれで良かった。病気のことは詳しく知ることはできなかったが、少し安心した。

彼は私と会いたがっている。高校受験生の娘がいると聞いて、一歩引いた様子が手に取るようにわかる。私は、優の受験が終わってから会いたいと伝えようと思っていた。会えばどうなるかわかっている二人だった。彼は、私の母としての今の立場をわかってくれている。長い年月離れていても思いあっていなければ、声を聞くだけで今はどうすれば一番お互いのためにいいのか、わかってしまう二人にはなれない。彼が私のことを思っていてくれていたことが嬉しかった。

私たちが辿ってきたそれぞれの道がもうすぐ交わろうとしていることを彼もわかっていると信じた。

これほどまでに強く惹かれ合っているのに二人が結ばれなかったのはなぜなのだろうか?

彼は私の運命の男で、私も彼の運命の女と認めるしかなかった。

それから、彼とは何度か連絡を取るようにしていた。

長女の優は多感な年頃で、高校受験が迫っていた。

私立高校にやれるほど家計は楽でないことも優にはわかっていた。受験に必死に取り組み、プレッシャーに負けそうになると反抗的になった。そんなある夜、遅くまで勉強している優の部屋へ夜食を持っていった。突然、優は言った。

「私、お父さんが死んだなんて思いたくない。死んだと思っていないし、認めたくない。こんな気持ちのままじゃ受験できない」

私は優の気持ちに気がついていた。そっと、見守っていれば大丈夫と思っていた私は甘かった。

「死んだなんて無理して思わなくていいよ。優の大好きなお父さんはずっと一緒にいてくれてるよ」

優は大粒の涙をぽろぽろこぼしながら、

「それでいいの?」

と聞き返した。

「いいんだよ、それでいいんだよ」

私も泣いていた。

私は手に握り締めたものを差し出した。

「お父さんの形見だよ」

「何？」

夫がしていた結婚指輪を優に渡した。

「生きている不思議、死んでゆく不思議」歌詞の一部をよく口ずさむ娘たちは、必死になって父親の死を受け止め、理解しようとしていた。そんな気持ちを知っていながら、時が解決すると娘たちと正面から向き会うことから逃げていた私は母親失格であった。

「優、ごめんね。これからはお母さんに気を遣わないで何でも話してね」

「わかった。何でも話しするよ。もう少し勉強、頑張らなくちゃ」

「頑張れ。でも無理しないで……」

静かに部屋のドアを閉めた。


朝。「おはよう」。優の明るい声が聞こえた。

私が苦しんでいた時、娘も心を痛めていた。父親の死を受け入れるには、幼すぎる優であった。優よりもっと幼い幸は訳もわからないまま、この何年間を過ごしてきたのだろう。

娘たちから母とはどうあるべきかを教えてもらい、学び、母として成長していくのである。

本物の母親になるには程遠く、四十歳を少し過ぎてもまだ、幼い女なのである。どんなに頑張っても父親の役目を完璧に果たせるわけがなかった。落ち着いてよく見渡せば家の中には、優と幸を気遣う父の姿と皆の笑い声があった。父は娘たちのために、おじいちゃんの役目と、私にできない父親の役目を補ってくれていた。その姿は、母と私に背を向けていた昔の頃を償っているようにも見えた。

父と母と幸までもが優を励まして合格を祈っていた。高校受験合格発表の日、車を運転して私は優と一緒に高校へ向かっていた。

「お母さん、車の中で待っててていいよ。一人で見てくるから」

「大丈夫？　一緒に行こうか？」

「大丈夫だよ。合格してたら高校の入学説明書の入ってる袋を手に持ってくるから」

優の歩く姿が見える所に車を止めた。私立高校には合格していたが、この高校に入るために頑張ってきた優。優の気持ちを思うと心臓が飛び出そうだった。十分後、袋を手に持っていない優が車に戻ってきた。声をかけようとした私に、

「合格したよ」

優の弾む声。

「袋は?」

「お母さんをびっくりさせようと思って、バッグに入れてきちゃった」

「良かったね。おめでとう。でもびっくりさせないでよ。心臓に悪いよ」

優は澄みきった顔をして、

「ごめん、ごめん」

ひとつ乗り越えた優の成長した姿にまた、励まされた母の私だった。

父は優の合格に「良かった。良かった」と何度も繰り返し、母は涙を浮かべて優に言葉をかけていた。幸は「お姉ちゃん、お姉ちゃん」と優にぴたりと寄り添って甘えていた。

それから、優の卒業式が終わって入学式まで大忙しだった。

優は十六歳にしては少し大人っぽい花の高校生に、幸は男の子顔負けのヤンチャな小学六年生に成長していった。

父と母は私の見えないところで相変わらず夫婦喧嘩をしているようだが、喧嘩をするほど仲がいいということで、ほうっておくことにした。

父は農業の暇な時には働きに行っている。時間があれば優と幸のためにノコギリを持って本棚を作ってくれていた。母は通院はしているものの、体の調子のいい時は大好きな野菜作りに励んでいるのだった。私はパート勤めをしながら父と母を手伝っていた。

若き日の父と母の姿を思い出しながら見る、年老いた父と母の姿は「人は簡単には死ねない」、そう語っているようだった。与えられた命は、役割を果たすまでは終わらない。夫の命は役目を終えて燃え尽きたと。一瞬に消えてしまう命は朝露よりもはかなく尊いのである。

これからも私は家と家族を守り、守られて生きていくのだ。生きることに迷わずに信じた道を歩いていこうと。

幸せはすぐ目の前にあると感じていた。

そして木々の若葉がまぶしい五月。所長と私は再会を叶えることができた。

車で迎えに来てくれた所長は、Tシャツにジーンズ、スニーカー、キャップを被ってそれにサングラスをかけていた。私もジーンズの装いをしていた。スーツ姿しか見たことのなかった私は驚いたが冷静に言った。

「元気そうで良かった。でもその格好どうしたの？」

「これが一番楽なんだよ」

「とても似合ってるよ」

「そうだろう。いい男は何を着ても似合うんだよ」

やっぱりすぐ付け上がる。

数ヵ月後に、定年を迎え、仕事の責任から解放される彼は、前向きでありながら、やはり背中には若い頃と変わらない孤独感が見え隠れするのである。

車は会ったばかりの私たちの笑いをのせて走っていた。

「どこ行く？」

「行き先決めてなかったね。私、湖が見たいな」

「わかった。行ってみるか」

朝、早めに待ち合わせをしたので、夕方に帰るまでには少し遠出をしてもいいと思った。それから一時間三十分後、山々に囲まれた湖を散歩した。半歩下がって歩く私にちょっと振り返りながら歩いていた彼だった。

「あそこのお店でお茶でも飲まない？」

「そうするか」

私たちはコーヒーを頼んだ。

私はどうしても所長と呼んでしまっていたが、何も言わない彼だった。

彼は病気のことを話し始めてくれた。

「朝、目が覚めたら、歩けない、喋れない、記憶力もなくなって、どうすることもできなかった。どこが悪いのかわからず病院を何箇所か替えて現在通院している病院で原因がわかった。軽い脳梗塞で済んだことは運が良かったが、いつまた発作が起こるかわからないと医師に言われた時は生きる気力もなくなり、死ぬこともできずにいる自分に情けなくなった。桜の花を見て、来年はもう見られないだろうと涙がこぼれた。

誰にも負けないぐらい強いと思っていたのに、どうすることもできない自分が情けなかった。ぼんやり過ごす日々が続き、このままではいけないと思うようになった。

いつまでもくよくよ考えていても仕方がない。たくさんの本を読んで今までのことを振り返り、生かされている以上は生きてプラスになる人生になるように、生き方を考え直した。会社にも迷惑をかけて、世話になった人たちに申し訳ない。人に喜ばれるように生きていこうと思った。それから、規則正しく食事もなるべく野菜を摂るように心がけて体力をつけて、リハビリを続けてきた。一ヵ月に一度の検査通院はしているものの、無理をしないようにすれば大丈夫」

事実を聞くまで心配でたまらなかったが、とりあえず一安心した。

彼が病気をかかえていることも受け入れられる心の準備は私にはできていた。無理をしているわけではなく自然に受け入れていたのであった。

自分の人生に中途半端はなく、ゼロか百の生きるか、死ぬかであって、病気が人生の通過点にあるなど考えたこともない彼であった。弱みを見せない彼から涙をこぼしたと聞いただけで健康な肉体をなくしかけた精神状態はどれだけ苦しかったものなのか、伝わってくるのであった。

「私のことは?」

「ずっと思ってたよ。病気した時は消えかけていったかな」

私が彼を思っていたように彼も私をずっと思っていてくれていた。

今までの人生はこのために、こうしてまた巡り合うためにあったように思えてならなかった。現実主義の彼が「運命なんだよ」と言うのであった。

若い頃は人目を避けていた私たちだが、こうして静かな緑の自然の中にいることに彼も幸せを感じている様子だった。

正午過ぎに軽い食事を済ませて、店を出た。彼は病気をしてから車の運転をしなくなったが、やはり車は必需品で、リハビリを兼ねながら運転に復帰したのであった。

運転しながら彼が言った。

「寄っていく」

彼の横顔を見た。

「どこへ」

「ホテル」

「えっ！」

「時間、大丈夫だろう」

やっぱり〝ふざけてる奴〟である。

「大丈夫だけど」

私はまさか、こんなことになるとは思わなかった。

「実はね、昨日から所長に会えるって思うと眠れなかったの。今朝も、すごくドキドキしてて……」

「俺もドキドキしてたよ。この年になって自分でかわいいもんだなって……時は過ぎたけれど、俺たちは今も昔と変わっていないと思ってる」

二人の間に誰も、何も入れる隙間はなく、果てしなく深いところで結ばれていると思えてならなかった。

私は彼についていくだけだった。

この心境はもしかして初夜を迎える新妻のよう（?）、とても恥ずかしくなった。

どうしよう。このままついていけば間違いなく彼に抱かれる。女を忘れてしまった私はどのようにして抱かれていいのかわからないのだった。

彼は何も言わずに私を抱きしめてキスをした。彼のやさしいキスに大切に思われていることを感じる。

その後も長い髪を撫でられては、この身が吸い込まれそうなぐらい、きつく抱きしめられていた。私はずっと目を閉じたままだった。子どもの頃に帰っていくような懐かしい彼の胸は、まわり道をしてやっと辿り着いた場所だった。

歩んできた人生が早送りで昔に返り、記憶を辿っては、パラパラ漫画を見るような速さで今に戻ってくる。「夢でありませんように」。夢中で彼にしがみつき、この時間が間違いなく現実であることを確かめていた。

それから、彼の腕枕で目を閉じてうとうとしてしまっていた。突然「はっ!」として、

「大丈夫?」

眠り始めた彼を起こしてしまった。

「俺は死なないよ」

「ごめんね。あまり静かに寝ていると死んじゃったのかなって……子どもが寝ていても心配になっちゃって顔を近づけて息をしてるか確かめることもあるの……」

「わかってるよ」

彼の腕は私の体を抱き寄せていた。悲しみのすべてを包み込むように。

「また、会ってくれる?」

「いつでもいいよ」

また会える幸せに少女のように胸をはずませていた。午後五時過ぎ、私たちはホテルを出た。まだ陽は高く、夏の予感を思わせる風を漂わせていた。

それから二週間後。私たちは日本料理店にいた。どうしても来たかった場所である。

各テーブルにはそれぞれ違った季節の可憐な花が生けて置いてあり、時は過ぎても昔と変わらぬ大人の香りが懐かしく、新鮮な空気を感じた。

運ばれてきたうなぎを見て、

「ここは、私たちの原点かな？」

いつものように頷きながら彼は何か言いたげな素振りである。

「どうしたの？」

「考えたんだけど……今度から、けい子ちゃんって呼ぼうかな。俺のことは社長って呼ばない？」

彼も私も一瞬、我慢したが吹きだした。おかしくて涙が出ていた。どこまでも〝ふざけてる奴〟なのだ。私たちはなんて呼び合っていいのかわからないでいたので、きっと真剣に考えていたのだと思うとまたおかしくなった。

「そうだね。社長になるのが夢だったものね」

「いいと思わないかい？」

「すごくいいと思う。ちょっと恥ずかしいけど。けい子ちゃんって呼ばれるの子どもの時以来だもの。うれしいな」

私は気合いを入れて、

「社、社、社長」

声を出した私は恥ずかしくなった。

私の所長は、私の大切な〝社長〟になった。

社長の呼ぶ「けい子ちゃん」は、純粋な幼い心に戻れる響きを持っている。

この料理店を出たらきっと私は社長に抱かれるのだろう。私は彼に抱かれたがっているのだった。

「このあと、どこへ行くの」

私は聞いた。

「どこって……」

社長の運転する車の助手席に乗って私は心構えをした。これから二人は……彼も私の肌を求めていた。

お姫様が眠るような純白に飾られたベッドで彼は、うつむいている私の顎を太い指でそっと持ち上げてキスをする。指は首筋から胸へ這っていく。私は思わず彼の腕を掴む、その手をやさしく包み込むように握って静かに胸を開くのである。

少しずつ彼に体を預けていく私だった。

そして、夫の子を身ごもった子宮で彼を感じて女に戻っていく幸せに包まれていった。

さらさらとした日差しを浴びた川の水に身を任せて流されているような心地よさの中で、私は夢中だった。彼も私の中で感じている。繋がった体は桜色に染まり、骨の芯までも絡み合う愛にとろけてゆく二人。「このまま時間よ止まれ」私は心の中で呟いた。

体の火照りが冷め始めると、なぜだか涙があふれて止まらなかった。今までの人生はこの時のためにあったと、思えば思うほど涙があふれて肩が震えた。彼は私をきつく抱きしめて何も言わずにいた。彼の胸は涙でぬれて私の顔は泣きじゃくっている子どものようにぐちゃぐちゃになっていた。

それから、一週間から十日に一度のペースで私たちは会っていた。デートの移動手段は、決まって彼の運転する車である。車内は私を落ち着かせてくれる大好きな彼の香りが隅々まで広がっていたのである。

映画を観たり、美術館に出かけ、ドライブの途中で川原に車を乗り入れて、せせらぎに聞きいった。時には自然の緑に囲まれた上品なホテルのレストランで食事をして語り合った。私たちが過ごす場所には生活の音はなく、会うたびにお互いに思いは深まり、二人の世界に酔いしれて愛し合って眠った。

彼と別れた帰り道、車を走らせるたびに、このまま彼の肌のぬくもりの余韻を残して、夢のように過ぎた時間を引きずっていたかった。しかし、家族が待っている現実があるのだった。

秘密の恋は甘い蜜の味がする。ひと時の間、夢のような世界に溺れていく。しかし、彼と別れた瞬間から恋しくて、現実に引き戻されるはざまで心は揺れて、止めようのない孤独感と切なさが波のように押し寄せてくる。

台所に立って食事の仕度をしていても、寝ても覚めても彼のことばかり思っては、ため息ばかりで、子どものことさえ考えられなくなっていた。

彼に吸い寄せられてのめり込み、恋の病にかかり、どうにもならなくなってしまうことなど予感していただろうか?

彼は、母親であることを忘れて、女に目覚め、恋に落ちてしまった私に気づき始めていた。

会社の仕事絡みの旅行先から電話をかけてきた彼は、

「土産物屋でいいもの見つけたから」

少しお酒が回っているようだった。

「いいものって何?」

「恋に効く薬だよ」

「そんなのあるんだ。それ買ったの？」

「もちろん……恋の病にかかっているんだろう。だいぶ重症そうだから」

「うん、だって社長がいけないいんだよ」

「そうだな」

社長のそばで、じゃれて甘える子猫のようになってみたかった。やはり私には、恋の薬は必要であった。

旅行から帰ってきた社長は、たくさんのお土産を持ってきてくれた。もちろん、恋の薬もあった。白い袋に〝恋の特効薬〟と書いてあった。中身は紫色に光るブルーベリー味の飴玉だった。別れ際、車の中で、

「せっかくだから、恋の薬、試してみない？」

袋を開けて一つ彼の口の中に入れてあげた。私は飴を頬張りながら、

「社長も、恋の病にかかっているの？」

「うん」

と、頷く彼。

「私に恋をしているってこと?」

「そんなこと、当たり前だろう」

私は恥ずかしかったが、確信できる言葉がほしかった。

「二人とも自然体で、今も若い時からの延長線上にあって何も変わっていない。逢えば火がつき燃え上がるのはわかっていた」

恋をして、ちょっぴり思いつめた彼の声。

「この飴で俺は大丈夫だ」

なんて言って強がっているそぶりを見せるのだ。ふざけているようで、まじめに本気で恋に落ちていた私たちであった。

彼に恋して、彼にしがみつき、彼が救ってくれている。彼のために生きて、自然の成り行きに任せることもよいのだと、心は楽になっていった。だが、恋の特効薬は長くは効きそうにはなかった。

どんなに愛し合っても私たちは昔と同じように絶対に外泊はしない。お互いの暗黙の約束事だった。

私が「帰りたくない」と言えば「だめだよ。子どもが待ってるよ」と、夜の八時には二人ともどんなに離れがたく思っていても帰されてしまう。一度だけ聞いてみたことがあった。

「私を帰したい？」

「帰したくないよ。仕方ないだろう」

彼の詰まった声は心を痛くする。

私はいっぱいの愛に包まれていたが、女心はまた、一人歩きする。

彼が持っていて、私にないもの。それは夫婦の絆。

長年連れ添った夫婦がお互いをどう思っているのか知りたくってたまらないのだ。どうしても彼といると見えてしまう夫婦の絆。携帯電話で奥さんと会話をする彼の声は、私が聞いたことのない、何ともいえないやさしい声に胸がドキンとした。その声を聞いた時に、私に対しては何となく厳しさがあるように感じた。彼が意識しているわけではない。奥さんには夫の彼がいなければ生きてはいけないこと、私は一人でも生きていける強さがあることが、彼の意識の中にあるようだった。

彼が言った。

「大切なものがいくつあってもいいんじゃない。俺は女房を守ってる。けい子ちゃんは、家を守って子どもを守っている」と。

私は大切なもののひとつでしかなくて、よくて二番目、そうでなければ、〝その他〟かもしれないと思ってしまう。そう思うと、寂しくて、夜は電気も消せずに布団の中で泣いた日々が続いた。自分でもよくわかっている。この苦しみは、彼と生きてゆくと心に誓った決意の代償であることを。許されぬ恋ゆえに。心は翳りを残しつつ、季節の色は夏から秋へと変わろうとしていた。

物事を下向きに考えてしまう私は、仕事と家事、それに農家の忙しさで食欲もなく、心身ともに疲れきっていたのだった。こんな時こそ彼に会いたくて仕方がなかった。まだ体力も完全に回復していないまま彼に会うことができた。

私は疲れて泣きそうな表情を浮かべていた。

「また痩せたかな？」

彼は元気のない顔をして言った。

「社長、言ってたでしょ。私は家と子どもを守ってるって。私だって守ってもらいたい。倒れそうになれば支えてくれる人だっていてほしい。好きで強くなって一人で生きているわけじゃない」

今度は困った顔になっていた。

私は甘えたくて反抗しているのがわかっていた。大切なものに順番なんてないことも、私が彼にとって特別なことも、彼に守られて支えられていることも全部わかっていた。私にとってかけがえのない人であることも。今まで決して私を裏切ったことのない彼の言葉や態度を思えばどんなに大切にされていたかわかる。

苦痛に耐えているような社長を見て、いけないことをしてしまっている、社長に辛い思いをさせてはいけないと反省していた。

「私……どれが本当の自分なのかわからなくなっちゃって。母親の自分、仕事をしている自分、社長といる自分、自分を見失って立ち直れなくなってしまう」

「難しく考えることないよ。全部、本当の自分。どれも一生懸命生きている。大丈夫だ」

「社長……。あまりにも幸せすぎて怖かったの。私は幸せになれない運命で、この幸せもすぐ消えてしまう。何のとりえもないだめな私は誰からも愛される資格はない。社長に何かあって死んじゃったら、夫の死を乗り越えてきた時のようには立ち上がれない。生きていけない。社長より先に死んでしまいたいって」

「俺より先に死んじゃだめだ。それに俺は簡単に死なないよ」

少し沈黙が続いた。

この間、気持ちの切り替えは自分でもびっくりするぐらい早かった。

私は涙をためて笑顔で言った。

「ごめんなさい。こんな私は嫌いだよね。社長が元気だから私が元気じゃなくて、私が社長のために元気でいなくちゃいけないいんだよね」

「そうだよ。もっと自分に自信を持ったほうがいい」

「いつになったら大人になれるのかな。幼いよね、私」

「幼いってのは柔軟性が利くからいいことなんだよ」

幼さを認められて慰められてしまった。時々、「大人をからかっちゃいけない」とか、「まったくこの子は」とか、まるで子ども扱いされることがあるが、かわいがられていると愛を感じるのである。

そして、パート先の女性に言われたことを思い出した。

「私って、何の苦労も知らないお嬢様育ちに見える？」

「見えるよ」

「えっ、ほんとに」

「そういう風に見られることは大事だよ。ずっとその雰囲気を持ち続けていけよ」

彼の熱い視線を感じた。

その視線を淡いピンクのマニキュアをつけている爪に向けた。

「農家やってるなんて思えないよ。肌は白いし、その指見たら努力してるんだろうな」

「そんなことないよ」

めったにほめない彼の精いっぱいのほめ言葉なのであって、私に自信をつけさせようとする心遣いが嬉しかった。

ほめられると私もすぐに〝付け上がる女〟になるのを、彼はよく知っていた。彼のために何かしてあげたい私は、また彼に救われていた。

白い肌を見れば、高い化粧品を使っていたり、エステに行っているように見られがちだが、特別なことをやっているわけではなく、ごくふつうである。

私は自分の指を見た。少し皺があるが、真っ白である。母から受け継いだ、透き通るような白い肌を大切にしなくてはいけないと思った。

彼はその、私の白い体を抱くのであった。彼の腕は少し力を入れれば綺麗な形の力こぶができ、太いふくらはぎの筋肉には張りがあり若さがある。これも彼の努力なのだろう。

家のこと、子どものこと、自分のことをしっかり見つめて、皆が健康で私が健康であってこそ彼と幸せの時間を持つことができるのである。

夏の終わりに娘たちと小旅行に出かけた。

静かな山並みが見渡せる高原で、爽やかな風に吹かれていた。足元に小さいながらも優雅なかわいい花を一輪見つけた。

「お母さんどうしたの？」

幸の声が聞こえた。

「こっちに来て見てごらん」

三人でしゃがみ込み花を眺めた。

「とっても綺麗なのに、こんな所に咲いてちゃ、可哀想だね」

優が言った。

「人目に触れないけれど、一生懸命咲いているから、綺麗なのね」

私は言葉を噛み締めるように言いながら、優と幸に自然の美しさを感じ取ってほしかったのである。

一輪の花を目の前にして二人のあどけない姿を見ながら、目にするものが新鮮にあざやかに映っていた幼い日々を思い出していた。

桐箪笥の仕事場に行っては、叱られながらも桐を削ってできる鉋屑《かんなくず》の中でよく遊んでいた。

くるくるとカールした長い鉋屑はフランス人形の髪のように素敵に見えたし、桐の匂いが好きだった。削られた桐の板は、おしろいを塗っているかのように白くすべすべとやわらかく、母の肌と似ていると感じたものだった。

それから、木々のざわめき、郭公の鳴き声、今はコンクリートで埋まってしまった秘密の場所には蛍の明かり、黄金色の麦畑の中に落ちていった真っ赤な太陽……次から次へと記憶が甦ってくる。

娘たちは、私の見えない場所で知らず識らずのうちに、大人の感覚を身につけながら成長してゆくのだろう。娘たちには、成長する時の中で、幼い頃の無垢の心を置き去りにせず、季節の色や、鳥や虫の声、木々のざわめきを肌で聞き、風の香りを体で感じることの幸せを持ち続けてほしいと願っている。

私はいつの間にか、自然の中で忘れかけていた心を取り戻していた。感じることのできる心は広がって幸せに満ちていた。その幸せには彼の存在があることも確かだった。

私は、それでも、もう少しだけ後押しをしてくれる何かを求めていた。

それは思いがけないところにあった。

一泊するホテルのイベントに占いコーナーがあった。私は半信半疑であったが勇気を出して占いの席に座った。緊張していたが、占い師は六十歳をちょっと過ぎたくらいのお母さんと呼べるようなやさしい感じの人だった。

私の年齢を聞いて「あら、若いわね」。そう言われると嬉しいものである。今まで、誰にも打ち明けずに隠し通してきた彼のことを話す覚悟をした。すべてを打ち明けて心が軽くなって肩の力が抜けていくのがわかった。

占い師は喋り始めた。

「ステキな出会いね。世の中には、男女の縺《もつ》れが数え切れないほどあって、皆、あなたたちのような出会いを求めている。いい出会いはそうあるものではないもの。私も長いこと占いしてるけど、こんなにいい話を聞かせてもらったのは初めてだわ。彼と幸せになりなさい。ちょっといいかしら。手のひら見せてください」

両手を広げた。左手の親指の付け根の上辺りを指して、

「この太い線二本は深い心の傷痕で、一本はご主人が亡くなったことでしょうね。もう一本は若い時の傷痕ですね」

声が詰まって言葉も出ない。右手も左手と同じ所を指差しながら、

「細かい線がこんなにたくさん。これは悲しみの線で、こんなにもたくさんの悲しみが……辛かったでしょう。よく頑張って乗り越えてきましたね」

占い師の声が少し震えたように聞こえた。

たくさんの悲しみの線。小さい頃から悲しいことがあると、乗り越えながらも悲しみを忘れようとして、大切なものまで忘れてきたのかもしれなかった。それがまた、悲しくて涙がこぼれた。

今度は左手の小指の付け根の結婚線と呼ばれる所を見た。

「あら！　いずれ彼と一緒に住むことになりますね……」

「えっ、そんなことは絶対にないです。彼は家庭を捨てるような人ではないですし、結婚は考えてないです。彼とは今のままで十分に幸せです」

「でも、今はそう思っていてもこの先、何が起こるかわからないですよ、人生は……」

私はあまりにも突然の占い師の言葉に動揺してしまっていた。

「それにしても、こんなに、惹かれ合っているのにどうして結婚はできなかったのかしら、不思議だわ。きっと惹かれ合いすぎているのね。出会った時に彼には奥さんがいたことと、今は、あなたに子どもがいることでバランスが取れているの。何もない二人だったら恋に溺れ死ぬしかなくなってしまう。果てしなく強く惹かれ合っているのよ」

「わかります。だから今のままでいいんです。でも……私こんなに幸せでいいんでしょうか?」

「いいのよ。お嬢さん方はいい子に育ってるし、あなたもご先祖様に守られているし、大丈夫よ」

「違うんです。私だけが幸せで、死んじゃった夫に悪いなと思って……」

笑い飛ばす口調で占い師が言った。

「何を言ってるの。そんなこと考えてたら何にもできないでしょ。幸せになれないわよ。若いあなたと、お嬢さん方を残して死んじゃった旦那さんが悪いのだから、そんなこと考えちゃだめ。人生を楽しみなさい。彼と幸せでいいじゃない。その彼ってすばらしい人ね。会ってみたいわね」

私の愛している社長はやっぱりいい男である。

「それから、あなたは喉が弱いから気をつけてね」

これも当っている。

「わかりました」

「その、喉から出る声と言葉で人を助けてあげなさい。あなたにはもうわかっているると思うけど損得なしに実行していきなさい。これからも、彼との出会いは大切にして決して彼を離してはだめよ。幸せを祈ってます」

「長い時間ありがとうございました」

私は、席を立った。

彼に恋をした私の存在そのものが罪であると自分を追いつめ、亡き夫に、家族に、世間に対して罪の意識を感じているのが占い師にはわかったのだろうか。その償いの気持ちがあるならば私の声で人助けをしなさいということなのだ。さり気なく家族を励まし、身近な人たちに明るい声をかけてきた。今のままでいいのだと、あるがままの正直な自分でいようと清々しい気分になった。生かされている命は、自分のために生きて、そして人の役に立つために生かすためにあると悟っていた。

占い師の言葉がこれほど強く心に響き、受け入れることができるなどとは思いもよらなかったので驚いた。

私は今まで彼に、金銭的な援助や高価な品物をねだったことなどは一切なく、彼との関係を正当化して、誰かに認めてもらいたいなどという打算的な考えもない。これからもそれは変わらない。私をあるがままに受け入れる彼の真っ直ぐな愛と、大切に思ってくれる深い心は私だけのものだから。幸せな恋がずっと続くことを願い、彼を好きで好きでひたすらに好きで、いつの時でも、純粋に愛していたいだけなのである。

彼との関係は恋人以上、夫婦未満。夫婦であれば衣食住を共にする。私たちには、結婚もなければ別れもない。衣と食は、会うたびにお互いを気遣うことができるが、天と地が逆さになろうとも、寝起きする住を共にすることはないのである。時には、上司と部下になってみたり、私は子どものように甘えたり、夫婦のまねごとはできても、本物の夫婦の関係だけにはなれないが、心は強い絆で結ばれていると信じたい、ちょっぴり切ない女心である。


その夜ホテルから彼に電話をした。自然の中で感じたこと、夕食にビールを飲みすぎてお腹いっぱいになってご飯が食べられなかったことなど日記のように話した。占いのことも。

「社長、占い師に私たちのこと話したの。いけなかった?」

「旅先でそういうことあってもいいいんじゃない」

「怒ってない?」

「怒ってないよ」

彼はやさしかった。占い師から聞いたことを喋り終わると、

「誰かにちょっと背中を押してもらいたかったんだよな」

私の気持ちをすぐに理解する。

「今日は一日楽しかったよ」

「良かったな」

彼にキュッと抱きしめてもらいたい気分だった。もしも翼があったならすぐにでも電話の向こうへ飛んで行っただろう。彼が恋しくてたまらなかった旅先の夜だった。

旅行から帰って、三日後に会う約束をした。


外は日差しが燦々と降り注いでいた。私たちはホテルの一室にいる。二人だけの世界になれる、落ち着く場所である。一週間前に彼は会社を定年退職していたが、今でも得意先や若い社員から連絡があれば食事に出かけたり、相談に乗って

いる。私は退職のお祝いに淡いピンク色の薔薇の花束と、旅先で見つけたガラス細工のランプをプレゼントした。彼は、

「サンキュー」

と言った。

「それと、これ読んでね」

メッセージカードを手渡した。

「恥ずかしいから後で読んで」と言う前に彼は、カードを開いて読んでいた。自分の書いたものが目の前で読まれていると、心臓が飛び出るくらい恥ずかしくなった。

そのメッセージは、退職のお祝いの言葉の最後に、「社長の人生に少しだけ私をおいてください」と書いたものだった。私は彼をじっと見つめていた。

読み終わった彼は得意の仕草で何も言わずに軽く頷いた。

私はその返事を聞いた。

「社長、いいの？」

彼は言葉をのみ込むように今度は深く頷いた。私を受け入れてくれたのである。

彼は私を、きつく、きつく抱きしめる。

「きつく抱きしめられるたびに私のこと、この女は俺のものだ、って言ってる気がするの」

「そのつもりだよ」

また、私は彼に抱かれてとろけていくのであった。

彼の永遠の〝愛の魔法〟にかかった私は、彼と初めての出会いから二十七年、迷いのない幸せの道に辿り着いた。

私の命が母のお腹に宿る前から、運命には筋書きができていたのかもしれない。私が産声を上げた時、運命は社長と繋がり、夫との出会い、別れ、人との関わりさえもその時すでに決まっていたのだろう。自分自身で人生の道を選び、歩んできたことが運命なのか、運命によって選ばされてきたのかは誰も知ることのできない事実なのである。

「社長は私に結婚の道を選ばせてくれたんだよね」

「そうだよ」

これ以上は何も言わなかった。お互い、昔は何を思っていたのかわかり過ぎているからだ。

愛人の私に女として人並みの幸せの、結婚、出産の人生を歩ませてくれた彼も切なかったのかもしれないと。そして、夫婦の関係と、子どもを与えてくれた夫は、人生に終止符を打ち永遠の人となった。その夫の魂は、私の幸せのために彼との関係を許してくれていると、そっと思ってみたい今なのであった。

不思議なもので、愛の悲しみ、死の悲しみ、このふたつの苦しみから救い、癒してくれているのは社長である。

「覚えてる？　結婚したい人がいるって話したら俺は彼氏には勝てない、二番目だって言ったこと」

「覚えてるよ。どうやっても勝てないだろう」

「これからは社長はずっと私の一番。でも私はずっと二番目」

など、私は社長の腕枕で髪を撫でられて、時々口づけをしながらたくさんのことを話した。

今を語り、思い出話に尽きることがなく、やはり〝ふざけてる奴〟は、私の体のどこにほくろがあるかなんてこともよく覚えているのだった。

真剣に素敵に生きてきた社長。私は社長にふさわしい、〝いい女〟であり続けたい。

私は、

「社長の故郷に行ってみたい」

と言った。

「いつでも連れて行くよ。一度、けい子ちゃんに見せてあげたいと思っていたんだ」

「ほんとに約束してくれる?」

「約束するよ」

「行くとしたら一泊するよね」

「もちろん」

「そうしたら、奥さんに悪いと思うでしょ?」

「全然思ってないよ。女房には少しは苦労かけたけど、人並みの生活と、自由は十分にあげたと思ってる。日帰りは無理だから一泊する。俺がけい子ちゃんを連れて行きたいのだから、けい子ちゃんがよければ何も悪くないよ。前にも言ったように自然体でいいんだ。けい子ちゃんと会っていても誰にも迷惑かけていないし、俺は自由に自分に正直に生きたい」

奥さんと私の間で言葉を選びながら答える男心の繊細さを知り、彼が、奥さんや子どもを守っている男だったからこそ、好きになったことも事実である。

私が生まれる以前の、十六年間の彼の姿を追い求めてみたいのであった。その故郷は石川県。小京都と呼ばれている金沢である。

いつ実現できるかはわからないが、それがささやかな生きる支えになっている。

鮮やかな紅葉の季節。

「こんなに紅葉って綺麗だったの？」

「今年は特別じゃない」

彼も紅葉の美しさに驚いていた。

私は一枚の葉を指差して、

「ねえ、この葉っぱ見て。こんなに赤くなっているよ」

「どうして赤くなるんだろうな」

「恋をしてるから恥ずかしくて赤くなっちゃうのよ」

こんな風に答える私のことを彼は好きでいてくれる。

日本庭園の眺められる上品な料亭で昼食をとった。

「私の小さい頃の夢はね。魔法使いと、シンデレラのようなお姫様になることだったの」

馬鹿にして笑っている社長。

「社長と紅葉を見に来れて、こんなにステキなところで食事ができるなんて夢にも思わなかった。いろんなことがあったけど、今すごく幸せで、社長が魔法をかけて私をお姫様にしてくれたの。だから、私は社長のお姫様」

「そう思ってもらえて俺も幸せだよ。お姫様」

私たちは恋をしている。恋には年齢は関係ないのである。幸せや、人生の価値観は人には計ることはできない。誰のものでもない自分のものだから。時はいたずらで人生の不思議を身をもってわかっている私たちであるが、ただ、ひたすらにこの幸せが永遠に続くことを願っていたい。

「社長から幸せをいっぱいもらっているのに何もしてあげられないことが辛いの。何かしてほしいことや、頼りないけど困ったことがあったら言ってほしい」

「何もいらない。けい子ちゃんの存在があればいい」

私の存在は社長の生きる力になっている。社長のために生きていいのだと嬉し涙が止まらなかった。

もしもこの先、社長が私に「そばにいてほしい」と言ったなら、何も迷わずにずっとそばにいてあげたい。叶わぬこととは知りながら密かな思いであり、わがままな私の願いである。


それから春、桜吹雪は私たちを祝福しているように舞っている。

「私が会社を辞めないで社長のそばで仕事していたら、本物の社長になれたかな？」

「なっていたかもしれないな」

でも、もう過去は振り返らない。私はこうして社長と同じ道を歩み始めたのだから。

「社長最近、弱み見えてるよ」

「それは、まずいな」

「見せてないつもりでも私にはわかっちゃうんだよね」

「そうかな」

笑った彼の背中からは孤独感が消えていた。

「桜の木って心がいっぱいあるの知ってる？」

「わからない」

「それはね、桜の花びらがハートの形に似ているから」

花びらを社長の手の平にそっとのせた。

「ほんとうだ」

花びらを見ていた。

「いろんな心をいっぱい持っているから、皆が桜に惹かれるんだよね」

「その気持ち大切に持ち続けていけよ」

「ありがとう」

私は大人になった今でも、感じる心、無邪気な心、なくしてはいけないたくさんの心を持っている。それは夫の死が教えてくれて、目の前にいる社長によって生かされているのだった。

「お母さんは子どもの頃、何になりたいと思っていたの？」

二人の娘に聞かれて、

「シンデレラ」

と答える私は、社長のお姫様になれた四十五歳の母親である。

時は巡り、社長と過ごす二度目の桜の季節。

「今年も社長と一緒に桜を見ることができて嬉しい。でも、この桜の木すごいね」

「迫力あるよな」

桜の凄みに圧倒されていた。樹齢六百年の枝垂れ桜の枝は地面を掠めるような勢いで伸びてゆったりと揺れている。幹はドクドクと命の鼓動が聞こえそうである。花は満開に近く淡い香りを風が運んでいる。桜に見とれている私たちの体を甘い風が絡んで通り過ぎた。

「俺は、死んだら風になる。風になって自由に吹き渡っていたい」

「私も風になる。風になった私を探してくれる?」

「もちろんだよ。すぐにけい子ちゃんだってわかるよ」

「一緒に吹き渡ってもいい?」

「いいよ」

気まぐれな風に吹かれて、私たちは永遠の出会いを約束したのである。

運命は、強い絆で結ばれていても、生活をともに持つことを許されなかった出会いは、声を聞いている時、見つめ合っている時、愛し合っている時の、この時しかなく、体に心に互いの人生のすべてを刻みながらも、今までの私たちも、今の私たちも〝風〟なのである。

いつの日か、肉体は滅び、地に返る時、魂は風になって、お互いを感じて自由に吹き渡っていたいと願っている。

やがて、魂の意識が無になる時、私たちの運命はどこかで繰り返されてゆくだろう。本当にそうであるならば、私は何度でも何度でも彼と巡り合い、永遠の恋をして、彼の永遠のお姫様になってずっとずっと一緒に寄り添っていたいのである。

「来年も社長と桜が見られますように」

囁く私の顔を見て、笑った社長だった。

桜は感動を残したまま花びらは天に舞い始め、緑の息吹の始まりの季節、あの、小さな地味な映画館が閉館になると知った。

近代的な映画館が立ち並ぶ時代に、昭和に建てられた映画館は時代遅れで経営が難しく、五十三年の歴史に幕を閉じることになった。

　私たちは閉館日の前日、映画館を訪れた。

「この花束は支配人に、このカーネーションは売店のおばさんにあげるの」

「きっと喜んでくれるよ」

　入場する前に、花を渡した。

「たくさんの感動をありがとうございました。とても残念です」

「皆さんにそう言ってもらえて幸せです。長い間、本当にありがとうございました」

　支配人は涙を拭いた。売店のおばさんは、映画館の歴史を聞かせてくれた。この映画館から俳優が育ったこと。コロッケパンの味は開館した時から変わらないことなど。

　社長は館内に向かい歩きながら、

「良かったな。なかなか経験できないことだ」

と言った。時代の流れに逆らえないこの現実に心は重かった。

私たちは席に着いた。幕が開き、ライトが落ちて上映が始まった。

映画を観ながら社長と指と指を絡ませて肩を寄せ合い、泣いて、笑った日々が浮かんだ。

私たちの姿を、生き様を、映画館は見ていた。たくさんの人生のドラマの始まりと終わりを見てきた映画館は、もうすぐ姿を消すのである。

くるくる回る思いとは裏腹に貴重な二時間の映画が終わった。

私はしばらく席を立てなかった。

「寂しい」

「俺もだ」

「あの、オレンジ色の明かりも、壁の染みも、私たちのすべてを見て知っている。二人の思い出が詰まったこの映画館が終わってしまったら、私たちまで終わってしまうようで怖い」

「俺たちは終わらない。出よう」

まぶしい太陽の光を浴びれば元気になれる。席を立った。

「幸せを祈ってます」

と支配人に声をかけられて、

「お元気で」

言葉を返して、映画館を後にした。

閉館する映画館の影響なのか、幻のように瞼に映し出された昔は、なかなか冷めやらず、私は社長の肌がたまらなく恋しくて、社長も私を抱きたがっていた。

若い時のように、いつものように、私をきつく抱きしめ、体と体の隙間がないくらいに絡み愛し合い存在を確かめ合うのであった。映画館はなくても、私たちは人生のドラマを作り、今、この時も歴史を刻み歩いているのである。

「社長が死んでしまったら、どんなに頑張っても私、生きていけない。前にも同じこと言って困らせちゃったよね。あの時は、社長がいなくなってもたくさんの時間を一緒に過ごして、絶対に忘れないように社長の温もりも、香りも、すべてをこの体に覚えさせて、思い出があれば強く生きていけると思っていた。でもそれは違っていたみたい」

「どんなふうに?」

社長はその訳が、私の心の深い場所にあるのを知っているようだった。

「一緒に過ごす時間が長くなればなるほど、社長を必要として求めてしまう。心の底から社長を失うことが怖い。強くなるどころか弱くなってしまったみたい。若くないってことかな。年を取るってことは弱くなるのかもしれない」

「それが本当なんだろうな」

「どうしよう社長が死んじゃったら……」

私は恐怖に怯える子どものように社長の胸に体を縮めてすがりついた。

「……」

言葉が見つからない社長は、不安を吸い込むように、力強く抱きしめてくれていた。

私たちは知っている。死に答えなどないことを。

その時は、いつかやって来る。

その時まで、運命に身を任せて流されてみようではないか。

社長と私は運命の男と女なのだから。

二人が今まで生きてきた道に一秒の狂いでもあったなら、社長と私の結ばれた人生はここになかったかもしれない。これが運命なのだ。

それからも、私たちは会うたびにときめく一生に一度の恋を続けている。

だいぶ年老いた父と母は、人生を折り返し、死に向かっているのが目に見えてわかる。

優と幸は人生を上っている。私はどちらの人生も見届けながら、穏やかな道を真っ直ぐに社長と二人でどこまでも歩いていきたい。

私を受け入れてくれた社長の人生は家族と同じように、美しく大切なものなのである。

私の幸せは社長の幸せ。社長の幸せは私の幸せ。

「社長」「けい子ちゃん」の声が天に届き、遥かなる時を超えて、いつか必ず社長と本当に結ばれる時が来ますように……祈った私の頬には、一粒の幸せの涙が光っていた。

著者プロフィール
火乃 螢子（ひの けいこ）
埼玉県在住

恋 生きている、この時を感じて

2007年8月15日　初版第1刷発行

著　者　火乃 螢子
発行者　瓜谷 綱延
発行所　株式会社文芸社
〒160-0022 東京都新宿区新宿1－10－1
電話 03-5369-3060（編集）
03-5369-2299（販売）

印刷所　神谷印刷株式会社

ISBN978-4-286-03165-1